メディアワークス文庫

親愛なる怪盗たちに告ぐ

山口幸三郎

目　次

プロローグ

都内某所。住宅街の中にあって一際広大な敷地《しきち》面積を有する邸宅に一人の青年が招かれた。学生時代にはラグビー部に所属していただけあって、長身であり胸板も厚い。だが、背広を着た彼から粗野な雄々しさは感じられなかった。着こなしたスーツは海外ブランドの特注品で艶《つや》やかな光沢を放っている。どこまでも優雅であり、清潔感があり、見本のように好青年然としていた。

襟元に光る銀製の蝶々《ちょうちょう》のブローチもまた彼のスマートさに拍車を掛ける。

邸宅の家主は、与党・自由民心党の葛西《かさい》衆議院議員である。過去に国務大臣をも務めた党幹部の一人。上下トレーナーというラフな格好で出迎えた。

「やあ。待っていたよ、翔太郎《しょうたろう》君」

「遅くなって申し訳ありません。どうしても外せない会合があったものですから」

「仕方ないよ。年寄り連中は皆、君に夢中だ。未来の首相候補の呼び声が高い勝連《かつれん》翔太郎に今のうちに唾をつけておきたいのだろうね。かくいう私も同じ穴の狢《むじな》なわけだが」

「ご冗談を」

青年——勝連翔太郎は苦笑した。会合という名の飲みの席で三十近く歳の離れた多くの年配からお酌してもらう居心地の悪さといったらない。重鎮の葛西にもそのような下心があるとは思えないが。

「私などまだまだヒヨッコです」

「最年少で閣僚入りを期待されている男が何を言う。声もいい、顔もいい、女性だけじゃなくお年寄りからの人気も高い。謙遜も過ぎると良くないよ」

「ありがとうございます。ですが、それもこれも父、勝連貞清《さだきよ》あっての評価です」

葛西はにんまりと笑う。実力を履き違えないその謙虚さを褒めるかのように。事実、翔太郎の地盤や人気は父親から引き継がれたものである。元首相の勝連貞清は七年前に政界を去ったが今なお強い発言力を有しており、翔太郎を『親の七光り』と揶揄《やゆ》するマスコミも少なくない。それに――。

葛西の視線が胸元のブローチに吸い寄せられた。

「その『七宝《しちほう》』を持つ限り君の将来は約束されたも同然だ。もっとも、身の丈に合わなければ荷が勝つ代物だが」

「肝に銘じておきます」

「まあいい。堅苦しいのはナシだ。今夜は飲もう」

葛西の後に付いて長いアプローチを渡る。玄関で立ち止まると翔太郎は振り返って耳をすませた。

「……何やら賑《にぎ》やかですね」

若者のはしゃぐ声が聞こえる。隣近所かという距離だ。

「ん？　ああ、庭のほうでね、うちの息子が学校の友達を集めてホームパーティーをしているんだよ。少しうるさいかもしれんが我慢してくれ」

葛西の書斎に通される。すでに一杯やっていたようでテーブルに用意された焼酎グラスに溶けかけの氷が浮いている。翔太郎は言われる前に葛西のグラスに焼酎を注《つ》ぎ足《た》し、自分の分のグラスにも氷を入れた。

「息子さんはたしかこの春に志望していた大学に合格されたんですよね。おめでとうございます」

革張りのソファに対面して座ると、葛西はグラスを手に持ち溜《た》め息《いき》を吐《つ》いた。

「うん、まあ。私の母校でもある。ゆくゆくは君みたいに政治家を志してほしいと願っていたんだが……どうもうちのはその気がないようだ。嘆かわしいよ。勉強もしないで友達と夜遅くまで乱痴気騒ぎをする始末。情けない」

「受験から解放されたばかりですし、少しくらい羽目を外してもよいのではないでしょうか。私も学生時代は見識を広げるという名目でいろいろと無茶をしたものです」

「……息子とは折り合いが悪いのだよ。どこで躾《しつけ》を間違ったのか。後悔ばかりだ」

ああ、これは悪い酒になりそうだ……。翔太郎は水割り焼酎を一口舐《な》めると、葛西の愚痴に付き合わされることを覚悟した。

お互いに酒が進み、あっという間に一時間が経過した。だいぶ酔いが回ってきた葛西は思い出したかのように話題を振ってきた。それは息子への愚痴でも政界を生き抜くコツでもなく、美術品に関するネタだった。

「最近購入した物でね。審美眼のある人間には自慢しているんだ。翔太郎君もそっち方面は詳しかっただろう」

「審美眼なんていう大層なものがあるかどうかわかりませんが。美術館は好きでよく行きますね」

葛西は美術品の蒐集《しゅうしゅう》家《か》としても有名だった。数多くの壺《つぼ》や絵画を所有しており、そのほとんどが数十万、数百万円もする高額品である。

「羨ましい。自宅が美術館になるなんて夢のようです」

素直に褒めると、葛西は満面の笑みを浮かべた。美術品の購入資金が特定の団体からの「ヤミ献金」から賄われているのは周知の事実だが、贈賄罪が適用されたことはこれまで一度もない。それもまた政治家を続けていくためのテクニックの一つだとして翔太郎はとっくに飲み込んでいる。

「見せてやろう。ついておいで」

上機嫌の葛西の案内で書斎を出る。美術品倉庫は玄関近くの部屋で、葛西の愛車のキーホルダーに付けた専用の鍵でなければ部屋の扉は開かないという。キーホルダーを探し回りながら奥方のいるリビングまでやってきた。

「なあ、クルマの鍵知らないか？」

テレビを観《み》ていた奥方は振り返り、不機嫌な顔を差し向けた。

「知りませんよ。またどこかに置き忘れてきたんじゃありませんか？」

鍵の紛失はよくあることらしい。そっぽを向く奥方に弱りきった葛西であったが、中央のテーブルにキーホルダーを見つけると声を上げた。

「なんだ、目の前にあるじゃないか！　おまえが持っていったんだろ！」

「だから、知りませんってば！　帰宅なさったとき自分で置いていったのを忘れたんじゃありませんの!?　まったく、すぐひとのせいにするんだから！」

どうやら夫婦仲はあまりよろしくないらしい。翔太郎は葛西が怒りだす前にその背中を押してリビングを出た。

「……でも、おかしいわね。さっきまで本当になかったのに」

奥方がぽつりと呟《つぶや》いたのを背中で聞いた。

美術品倉庫の扉は特注して取り付けたもので、ほかの部屋の扉に比べて重厚だった。鍵を開けて中に入る。倉庫といっても屋内の一室なので床はフローリング、書斎ほど広々としていないが普通の洋室である。普通でない部分といえば美術品を飾るラックが部屋中央に並んでいることだが、しかしそこはもぬけの殻だった。

「ない!?　そんな！　私のコレクションが！」

壁にも絵画を飾るためのフックがそこかしこに付いているが、肝心の絵画が一枚もなかった。翔太郎は困惑する。葛西の狼狽《ろうばい》ぶりから察するに、普段ここは美術品に溢《あふ》れているのだろう。それなのに今は一点も品がない。

「どうなっているんだ!?　一体誰が持ち出したのだ……！」

ショックのあまり立てなくなった葛西に代わり、翔太郎が部屋の中を調べた。といっても、主人を失った美術品倉庫に調べるべき物など何も残っていないのだが。

——おや？　これは。

一番奥のラックの上に蠟《ろう》で封をされた封筒が一通置いてあった。

「葛西先生、こんなものが」

封筒を手渡す。中から一枚の便箋を取り出すと葛西は目を通した。翔太郎も後ろから文面を目で追った。

そこにはこう記されてあった。


〈貴殿の美術品を頂きました　　怪盗　白峰界人《しらみねかいと》　より〉


「白峰……界人……！」

葛西が驚愕《きょうがく》したかのように喉を震わせた。

「先生、警察には」

「駄目だ！　言ってはならん！　……内々で処理する。君も一切口外するな！」

「わかりました」

襟元のブローチにそっと触れる。

近い将来、この怪盗と相対するであろうことを翔太郎はこのときすでに予感した。

第一話　形見

私にはお兄ちゃんがいた。実の兄ではない。親戚のお兄ちゃんなのか、近所のお兄ちゃんだったのか。よくわからないがとにかくよく一緒に遊んだ「お兄ちゃん」だ。

小学校に上がったばかりの頃のことで、高学年のお兄ちゃんが教えてくれることはすべてが新鮮だった。遊びも勉強も。たまに得意げに話す蘊蓄《うんちく》も。教わるたびに自分が同級生よりも一歩大人になれた気がしてうれしかった。

お菓子もいっぱい買ってくれた。家がお金持ちらしく、お小遣いを多めに貰《もら》っているから大丈夫だと豪語していた。

「お札なんて使わなかったらタダの紙だ」

お兄ちゃんは一万円札を指で挟んでひらひら遊ばせると、私の頭を撫《な》でつけた。

「いいか、みっちゃん？　よく覚えておけよ。お金で解決できる事態ってのは実は全然大したことじゃないんだ。お金でも解決できないコトや、お金には換えられないモノが本当に大切で大事なものなんだよ」

だから、お金で何とかなるなら惜しみなく使ってやる——。……その考え方はどうかと思いつつも、太っ腹なお兄ちゃんのことは頼もしいと感じられた。

さすがは私のお兄ちゃんだ、って――。


しかし、いつしかお兄ちゃんとの交流はなくなっていた。

私の世界からまるで空気のようにふっと消えていなくなっていた。

時々、その存在を思い出す。

もう顔も名前もわからないお兄ちゃん。

今でも元気で暮らしているだろうか。

＊　＊　＊

質屋に来店する若い女性はさほど珍しいものではない。大学が近所にあり、趣味に遊びに忙しい学生が元カレからの貢ぎ物を処分しに来るのも日常茶飯事だ。

もっとも、赤ジャージ姿でやってきた化粧っ気のない女性は初めてだったが。それでも質屋のスタッフはどの客にもするような丁寧な接客をその赤ジャージにも行った。

「いらっしゃいませ。お客様、何かお探しですか？」

「さ、査定をお願いします！」

「かしこまりました。希望額はございますか？　買取りか質入れで金額が変わりますので、もしご希望がありましたらそれに沿う形でご利用方法をご提案できますが」

「いえ、とにかく査定をお願いします！」

質屋のスタッフは貼り付けた笑顔を微動だにすることなく、テーブルに差し出された巾着袋を手に取った。こういった訳アリ客はよく訪れるので対応には慣れたものだった。頑として引かない客にはとにかく言うとおりにして波風立てずにお帰り頂くのがセオリーだ。

白の手袋を嵌《は》めた手で、巾着袋の中身を検める。

出てきたのはシルバーアクセサリ。蝶の形を模した銀色のブローチだった。

作者不明。販売元不明。ブランド品かどうかも不明だし、美術的価値があるかどうかも一切不明だ。

スタッフは自信満々に提案した。

「買取価格一万円で如何《いかが》でしょうか？」

きっと精一杯がんばって出した金額なのだろう、と赤ジャージは汲《く》み取《と》った。これまで渡り歩いてきたどの質屋やリユースショップよりも高い査定金額だったからだ。

その心意気には感謝だ。しかし――。

「それだけですか？　それっぽっちなんですか？　本当に？」

「はい。鑑定書や保証書がありましたら金額も多少変わるかもしれませんが」

たとえば有名なデザイナーやブランドが手掛けた一点限りの特注品ともなれば、それが証明できればもちろん値段は跳ね上がるだろう。

だが、スタッフの顔色を窺《うかが》うにそういった可能性はなさそうだった。有名ブランドの特注品の意匠を質屋のプロが知らぬはずがなく、星の数ほどある蝶々をモチーフにしたシルバーアクセサリの有名どころを押さえていないはずがない。

それでも勇気を振り絞って訊《き》いてみた。

「さ、三百万くらいの値打ちってないでしょうか？」

さすがにスタッフも答えに窮した様子だった。

「三百万は難しいですね。申し訳ありませんが」

「二百五十万では!?　二百万でもいいです！」

「あの」

「百五十万ではどうですか!?　せめてそれくらいじゃないと困るんです！」

スタッフの顔色が変わる。笑顔を引っ込めて真顔になった。

「お客様、冷やかしならお帰りくださいほかのお客様のご迷惑になりますので」

両隣の席の客と目が合う。

「く……」

奇異の視線に耐え切れず、シルバーアクセサリと巾着を引《ひ》っ掴《つか》むと、赤ジャージはそそくさと店内から出て行った。

その一部始終を背後から覗《のぞ》き見《み》ていた店のオーナーは、すぐさま店舗裏の事務室へ引っ込み、携帯電話を取り出した。

——あ、もしもし。たったいま例のブローチを持った女性が来店したのですが。

＊

場所が混雑する昼間の学生食堂だと、その赤ジャージはよく馴染《なじ》んだ。運動部の指定ジャージと色が似ているおかげでもある。赤石満《あかいしみちる》は運動部の集団から少し離れたテーブル席に座り、さっき質屋で味わった疎外感が払拭されたことに安堵《あんど》した。

鞄《かばん》からパンの耳が詰まったポリ袋を取り出す。購買部に卸しているパン屋の厚意で、苦学生のために無料配布されているものだ。おやつ代わりに取っていく者はよくいるが、主食として頼っている人間はそうはいない。まして、人目の多い昼の食堂で恥ずかしげもなくかぶりついている学生は古今において満くらいのものだろう。

それがどうした。つまらない体裁のためにパン屋さんのせっかくの厚意に背を向けるひとのほうがどうかしている。貧乏ならなおさらだ。

パンの耳を口に運びながら、満は口の閉じた巾着袋をいつまでも眺めた。

うわ、という失礼な声が正面から聞こえたのは、パンの耳を半分ほど消化したときのことだった。高校時代からの友人の反町《そりまち》うのがトレーを持って立っていた。

「あ、うのだ。パンの耳食べる？」

「……いらない。あんたの貴重な栄養源だもんね。その光景にももう慣れた」

うのは食パンの耳以外の部分が看過できないと眉をひそめた。

「運動部にも入ってないくせにまーたジャージ姿で……。それにそれ、昨日と同じ服でしょ？　ないわー」

失礼な。汗を吸うジャージはきちんと毎日替えている。それくらいの良識は持ちあわせている。単に同じジャージが家に三着あるだけだ。先月、地域のバザーでまとめ売りされていた未使用品であり、もちろん三着セットの赤ジャージに需要などあるはずもなく、ほぼタダ同然で手に入れた。いい買い物だったと満は胸を張る。

「動きやすくていいよ、これ。私、基本自転車だしね」

電車賃がもったいないので、都内の十駅圏内なら自転車で移動している。意外と公共交通機関を使うより速かったりするのだ。

満の貧乏性は今に始まったことではない。うのは観念したように首を振り、向かいに腰を下ろした。トレーに載っているパスタにフォークを突き入れようとした瞬間、

「ねえ、あんたそれすっぴん？　ジャージはしょうがないとして、化粧くらいはちゃんとしなさいよ」

んん？　と、またもや表情が渋くなる。

「えー？　してるよー？　えっと何だっけ？　うのが好きなモデルさんの――」

「……『ナミダ』ね。あんたの口からファッションモデルの名前が出るなんて期待してないけど、いま女子の間で人気のトレンドくらい押さえときなさいよ」

「そうそう。その『ナミダ』ってひとがCMしてるっていう化粧品、前にくれたじゃない？　ファンデーションとアイブロウと、あとリップクリーム。私だってもうそれくらいできますよ！」

大学生に成り立ての頃、うのが化粧品一式をプレゼントしてくれた。自分のお下が

りだという話だったがほぼ未使用品ばかりで、化粧の仕方もそのときに教わった。

スキンケアという概念が欠如していた満のためにあれこれ世話を焼いてくれた親友の鑑《かがみ》は、今日の仕上がりをチェックしようと身を乗り出してきた。

まじまじと満の顔を見つめて、ふう、と溜め息を吐きつつ身を引いた。

「全然わかんない」

「えー？　塗りすぎず薄く伸ばしていくのがいいって教えてくれたじゃん！」

「薄すぎんのよ。そんなちびちび使ってたんじゃ意味ないじゃない。むしろもったいない使い方してるわよ、あんた。これだから貧乏性は」

「ええ、貧乏ですから！」

「ドヤ顔すんな。自慢にもならないっての。……まあ、日焼け止めはきちんとしているみたいだからそこだけは褒めとく」

自転車移動が主だと日に焼ける頻度は高いので、そこは気をつけている。

「聞いたよ？　あんた、お金がないからっていよいよおばあちゃんの形見を売り払おうとしているんだって？」

うのがフォークにパスタを絡めながらそう言った。

「え？　何それ？　誰がそんなことを？」

対して、パンの耳を齧《かじ》りながら顔をしかめた。身に覚えがなさすぎる。

「同じサークルの子。さっきバス停近くの質屋で、あんたが隣の席にいたって」

うわ！　あのとき目が合った一人がそうだったのか！　直接の知り合いではないからわからなかった。逆に、向こうは赤ジャージの満を見間違えなかったらしい。

ほんの一時間前の出来事がもう噂《うわさ》として出回っているとは。恐るべし、キャンパスネットワーク！　と思っていたら、サークルの彼女が心配して知らせてきたという。

「私とあんたってよく一緒にいるじゃない。セットで覚えられてんのよ。で、相方の動向をきちんと把握しているのかってお節介焼かれてねー」

照れなのか何なのか複雑そうな顔をする。まあ、気持ちはわからなくない。

「あ、それのこと？　おばあちゃんの巾着袋って」

握っていた巾着袋をうのが目聡《めざと》く見つけた。

赤い布地に花柄があしらわれているからだろう、確かにおばあちゃんが持っていそうな巾着袋だが、実際は百円均一ショップで購入した代物である。

「その中身を売りに行ったんでしょ？　そんなにお金に困ってんの？」

「ち、違います！　コレはおじいちゃんの大切な形見なの！　売るつもりなんてないから！」

巾着袋はうのにも見せたことがなかった。中身の『銀の蝶』のブローチの存在も。祖父の形見があることとさえ初耳のうのは、訝《いぶか》しげに満を見た。

「じゃあ何でそれ質屋に持っていったのよ？」

「それは……その」

これまで形見のことを話さなかったのは話せない事情があるからだ。質屋の査定に出したこととその事情が直結するため、やはり口にするのは躊躇《ためら》われた。

しばらく言いあぐねていると、「別にいいけどさ」とうののほうから諦めた。

「お金のこととかさ、どうしてあんたばっかり苦労するのかしらね」

もどかしそうに口にする。それだけでも満にはうれしすぎる気遣いだった。

食堂の一角がにわかにざわついた。方角的に満の背後――出入り口付近で、向かいにいたうののがいち早くざわつきの正体に気づいた。

「……びっくり。レイシ様だ」

「れいしさま？」

すぐに文字変換ができず、それが人名だとわかるのに数秒を要した。

「何で様付け？」

「え？　あんたのほうこそ知らないの？　振り返って見てみなさいよ。あの眉目秀麗なご尊顔を」

その大層な修飾が事実か揶揄か。うのの含み笑いが意味するところを確かめたくて満は背後を振り返る。食堂の出入り口から入ってきた男性に視線が集中していた。

そのひとは、一言でいうなら「美しかった」。陶磁器のような肌、という表現がぴったりのまさに透明感ある白い肌が真っ先に目に飛び込んできた。次いで認識できたのは大きな瞳に長い睫毛《まつげ》。鼻筋も高く通っていて、口許《くちもと》も整っている。小顔の中にこれでもかと理想的なパーツが埋め込まれていた。

黒のスーツジャケットを身に纏《まと》い、首元にはカエルをモチーフにした可愛《かわい》らしいネックレスが揺れている。線は細いが骨格が男のものだったので、やはり男性であるらしい。実は女性だと言われても納得してしまいそうだが、彼の美しさは男女の性別を超越したところにあるように感じられた。人間として美しいのだ。

目が離せなくなった満の耳にうのの声が届いた。

「そりゃ見惚《みと》れちゃうよねえ。あんなひと普通いないもの。ね？　様付けしたくなるのもわかるでしょ？　見た目がもう高貴そのものだもの」

呆然《ぼうぜん》としつつ小さく頷《うなず》いた。様付けはあだ名のようなもので、キャンパス内では公然と共有されている呼び方であるらしい。

先ほどの含み笑いは満の今の反応を期待してのものだった。あまりに期待どおりだったので、うのの解説が滑らかに続いた。

「あのひとは黒森零士《くろもりれいし》さん。うちの法学部の四年生。巨大IT企業ウッズリヴの創業者一族の御曹司。私ら庶民とは住む世界が違う超超セレブよ」

容姿だけでなく生まれからして格差があった。そりゃ注目のされ方も違うってものだ。特に女子の視線は熱を帯びまくっている。

黒森零士は隣に友人らしき男子を伴って、食券販売機にも立ち寄らず、まっすぐテーブル席に向かった。そこに座るひとたちの顔を一人ずつ確認して回る。誰かを探しているようだ。

余談だが、今いる食堂は校門に近い場所にある「早い・安い」がモットーのよくある学生食堂だ。味よりもボリュームを重視しているため男子や運動部に人気がある。対して、構内中央に位置する喫茶ラウンジ『いて座』ではシックで上品な内装に似つかわしい喫茶メニューを提供しており、教授や一部のオシャレ系女子に愛用されている。値段もそれなりなので満は入店したことすらないが、黒森零士は当然ながらそちらの常連だった。学食を訪れたこと自体が珍事であり、だからこそ食堂全体が浮き足立っていた。

運動部の集団の近くを通りかかるたびに足を止めている。そしてついに満の近くを通りかかる。最も縁がないとわかりきっていたのでうのと不自然に見つめ合っていると、なぜか間近で立ち止まる気配がした。

視線を上げると、黒森零士と目が合った。

「――――、行こう」

目が合っていたのはほんの数秒。零士のほうから視線を外すと伴っていた男子に声を掛けてさっさと食堂から出て行った。

食堂全体がほうと息を吐き出した。緊張感がにわかに晴れていく。

「誰か探していたのかしらね」

「たぶん運動部のひとじゃないかな？　私の顔までチェックしてたから」

共通項は赤ジャージ。でなければ、満に興味を示すはずがない。

「女に苦労してなさそうだもんね。ナンパじゃ絶対にありえないか」

それは満を対象として見るはずがないという前提での発言だ。失礼極まりないが、化粧っ気すらない満に反論の言葉はなかった。

「ま、その赤ジャージを着ているかぎり言い寄ってくる男なんていないでしょ。貧乏臭いし。あ、もしかして赤貧と掛けてる？　『赤貧の満』って」

「……何その通り名は。そんな自虐ネタ思いつきもしないよ。でも、ナンパ男を遠ざける効果まであるなんてね！　なんという万能ジャージかっ！　ステキ！」

「……相変わらずのポジティブ思考よね、あんたって。言っとくけど、その格好めちゃくちゃダサいからね。少しは見直したほうがいいわよ」

「別にいいよ。私いま、カレシ欲しいなんて思ってないし。そんな暇ないし」

何とはなしに呟いたそれを、うのが深刻そうに受け止めた。

「やっぱりバイト忙しいの？　大丈夫なの？　ちゃんと食べてる？」

「食べてるよー。バイト先でまかない食べれるし、こうして節約しながらだと一日三食は難しくないんだ。あ、でも、バイトはまだまだ増やしたいかなー」

とにかくお金が必要だった。これぱっかりは誰かに頼ることはできない。

うのが神妙そうな顔をする。うのは平均的な家庭で育ったごく一般的な学生である。偶々《たまたま》友人が苦学生だったというだけでそこに後ろめたさを覚える必要はないのだが、やはり目の前でパンの耳を齧られては居心地も悪かろう。

突拍子もないことを口にした。

「あーあ、怪盗がお金を配ってくれたら最高なんだけどなー。あ、でも、義賊じゃないから無理かー」

「？」

冗談だとわかる口調だったが満には通じなかった。うのも即座に気づいた。

「あれ？　知らない？　うちの学校の七不思議の一つ」

「七不思議があることすら初耳なんだけど」

「怪盗を知らないってんならそうなるよね。私もあとの六つを知らないもの」

「……何なのそれ」

とにかくそういう触れ込みなのだと説明された。

「ていうか、怪盗って……」

「そりゃ私だって時代錯誤だなって思うよ。でも、怪盗【白峰界人】の噂は実在するわよ。あくまで噂だけだけど」

「白峰界人？」

姓名でくるとは思わなかった。てっきり「ルパン」とか「キャッツアイ」のようなコードネームっぽいものがあると期待したのだが。

――あれ？　でも、その名前にはなんとなく聞き覚えがあるような……。

「漫画かテレビドラマの主人公？　そのパロディ？」

だったら聞き覚えがあってもおかしくない。

「違う違う。さっきも言ったでしょ。学校の七不思議って。うちの大学の完全オリジナル。この怪盗ってのが構内のどこかにいて、依頼を引き受けてくれたらどんな物でも盗《と》ってきてくれるんだとか」

「オリジナルの割にはありきたりな設定だね……」

「そんなの私に言われても困るわよ。でも、面白いのは義賊じゃないってところかな」

「義賊じゃない？」

義賊といえば、お金だろうと何だろうと悪者から盗み出して困窮する人々に分け与える正義の盗人《ぬすっと》のことである。漫画やドラマに出てくる怪盗は大抵それだ。

でも、そうじゃないってことは。

「盗むのは悪者からだけじゃないんだって。聞いた話だと、サークルの先輩の友達が【白峰界人】にバイクを盗まれたらしいの。停《と》めてあった駐輪場に犯行声明が書かれた紙が置いてあって、それみんなに見せて怒鳴り散らしてたんだって」

「……何か嘘《うそ》っぽくないそれ？　その友達ってひとの作り話じゃないの？」

「私もそう思って先輩に訊いたらさ、自作自演する意味ある？　って、逆に訊かれたんだよね。自意識過剰な中学生でもあるまいしって。それもそっかって思った」

「ふうむ」

そういった賑やかしが好きなひとは年齢に関係なくいると思うし、大学生だからこそ手の込んだこともやらかしそうな気がするのだが。

まあ、あくまで噂話だ。うのでさえ又聞きの情報なのだから信憑性《しんぴょうせい》がなくて当然。先輩の友達とやらが実在しているかも怪しいものだ。

だからこそ、純粋に楽しめた。

「怪盗にコンタクトを取る方法ってのがあってね」

「へえ。どんな?」

聞く分にはタダである。金欠の身の上にはささやかな娯楽さえありがたかった。

＊

週に二日は中華料理店『宝龍館《ほうりゅうかん》』でアルバイトをしている。いくつも掛け持ちしている中でここでのバイトが一番長い。

宝龍館の二階が店長夫妻の住まいで、準備中の店長に一声掛けて上がらせてもらい、洗面所で赤ジャージから作業服にぱぱっと着替える。その際、後ろで一つに結んでいた長い髪を団子にして頭巾の中に押し込む。着替えが済んだら鏡で装いを入念にチェックだ。私服には無頓着だが、客前に出る仕事では不潔にならないように注意している。化粧を薄くしているのも半分はこれが理由である。

「みっちゃん、のれん出して！　今夜は団体さんの予約入ってるから忙しくなるよ！」

「がってんです！」

その日は団体客だけでなく仕事帰りのサラリーマンで満席になった。さすがは地元でナンバーワンの人気店。飯時が過ぎ注文を粗方やっつけたところでようやく一息《ひといき》吐けた。

「今のうちに水分補給しておきな！　熱中症でぶっ倒れちまうぞ！」

それまで中華鍋を振るっていた店長が汗だくになりながら言う。まずは店長が水を飲んでと言いたいが、カウンター席にいる常連客との会話から抜け出せずにいた。満は食器を洗いながら、店長に余裕ができたら飲もうと思った。

午後十時を過ぎた。そろそろラストオーダーだ。今いるお客さんが帰ったら店仕舞いかな、と目算を立てていると新規の来店があった。

すかさず案内に向かったのはほぼ条件反射で、客の顔などいちいち確かめない。一人客をカウンター席に案内したとき、ようやくそのひとが黒森零士だと気がついた。

「レ、レイシ様!?」

「レイシ様だなんて、よしてください。僕もただの学生ですよ」

ついその呼び名を口に出してしまったが、零士は嫌な顔一つせずに笑って受け流した。持ち上げられることに慣れているひとの対応だった。たとえ嫌みや皮肉であっても同じようにして受け流すのではないだろうか。それくらいの余裕がある。

そして、レイシ様と呼んでしまった以上同じ大学の学生だと気づかれたはずだ。学食で顔を合わせたことなどたぶん零士は覚えていないだろうし、満もそこまで自意識過剰じゃない。が、名前を呼んだことで気恥ずかしくなり、注文を取ると逃げるように厨房《ちゆうぼう》に引っ込んだ。

零士はザーサイと野菜炒《いた》めをつまみに瓶ビールを空けていく。夕飯というよりは晩酌である。絶世の美男子だというのにその様は店内によく馴染んでおり、次第に彼の周りだけ高級中華料理店のように華やいで見えてきた。すごい存在感である。

厨房で食器洗いに専念していると、宝龍館の「ママ」こと店長の奥さんがにやにやしながら肩を寄せてきた。

「ねえねえ、カウンターの子、すごくイケメンじゃない？　もしかしてみっちゃんのカレシ？」

「くわっ⁉」

　変な声が出た。何をどう解釈すればそんな勘違いに辿《たど》り着《つ》くのか。

「か、カレシじゃないです。ていうか、知り合いでもないですし」

「え？　そうなの？」

　ママはにわかに眉をひそめた。その表情の落差に首をかしげる。

「みっちゃんと話がしたいから呼んでほしいって頼まれたんだよ。もうカウンター以外にお客さんいないし、忙しくないからね。そのタイミングを見計らっていたんじゃないかしらって」

　カレシだとしたらバイトの邪魔にならないよう配慮したのだと納得できる。友人でも通じる理屈だが、ママは満にカレシができたのだと思い、それも見目麗しいイケメンだったので舞い上がってしまったらしい。

「すぐに呼んできますね、って言っちゃったわよ。どうする？　断ってくる？」

　知り合いでなければナンパかもしれない。ママはそう心配するが、ナンパではありえないと昼間にうのと散々言い合っている。本当に何か用事があるのかもしれない。

「大学の先輩ですし、無下にするのもあれなんで。ちょっとお話ししてきます」

「そうお？　困ったことになったらすぐ知らせるのよ？　アイコンタクトばちって送ってくれたらすぐに助けに入るからね？」

「はーい」

ママに手を振って厨房を出て、まっすぐカウンター席に向かう。零士は冷水だけを飲んでいた。目の前にある皿もビール瓶も空になっている。

一旦厨房に戻り、冷水が入ったピッチャーを取ってきた。呼ばれたとはいえ、口実がないと近寄りづらい。――うわ、美しいご尊顔が目の前に……。

緊張気味に零士のコップを手に取り、冷水のおかわりを汲みつつ話しかけた。

「あの……、私にお話って何でしょうか？」

「ああ、お忙しいところをわざわざすみません。ご迷惑でしたよね？」

申し訳なさそうな顔をしたので、慌てて首を横に振った。零士の顔で泣きそうな表情を浮かべられると何もしていないのにこちらが悪いことをした気になってくる。

「あ、いえ。もうだいぶ落ち着いていますから」

カウンター席以外の客はすでに帰っている。平日は午後十時を過ぎるとこれくらいが普通だ。

「では、ゆっくりとお話しできますね」

「はあ」

零士はにっこりと笑った。

「実は、貴女《あなた》にお願いがあって来たのです。昼間、貴女が質屋に持ち込んだというブローチを見せて頂きたいのです」

満は何を言われたのか咄嗟《とっさ》に理解できなかった。

満が混乱することを予測していたのだろう、すぐさま説明が入った。

「バス停前の質屋のオーナーとは知り合いでして、珍しい掘り出し物があれば知らせてほしいと普段から頼んでいたのです。そして今日、お店に面白いお客さんが来たと報告がありました」

「それって……」

「はい。赤いジャージを着た学生さんだったそうです」

改めて指摘されると居たたまれなくなった。赤ジャージを恥ずかしいとは今も思わないが、やはり質屋には場違いであったようだ。

「オーナーは笑い話のつもりだったのでしょうけれど、僕は貴女に興味を惹《ひ》かれました。それですぐに構内を探して回りました」

「あ、もしかしてお昼に食堂に来たのって」

「はい。貴女を探していました。オーナーからは学校指定のジャージではなかったことまで聞いていましたから。近くで見ればわかるだろうと思って」

探す場所に食堂を選んだのは昼時だったからという。ゲーム感覚だったのかもしれないが、広い構内から満ひとりを探し出そうとするその行動力に恐れ入る。

「アンティークに目がないんです。面白いなんて言われたら是が非でも見てみたくなってしまいます。こう見えて骨董品《こっとうひん》とかに詳しいんですよ、僕」

こう見えてと言うが、審美眼に長《た》けていても不思議じゃない見た目と家柄である、これほどわかりやすい謙遜もない。

そのとき、満の中で一つ閃《ひらめ》いたことがあった。

「食堂でお願いしてもよかったのですが、あれほど注目されている中で高価な物を見せて頂くのはさすがに気が引けて……。知り合いの一年生に聞いて回り、貴女のバイト先を突き止めたのがついさっき。こうして押しかけたという次第です」

同じ一年生であれば『赤貧の満』のことを知っているひとがいてもおかしくない(その通り名は昼間に誕生したばかりだが)。バイト先がどこかなんて別に隠しているわけではないし。

話を聞いたその日のうちに満を見つけ出しバイト先にまで押しかけた謎の行動力も、

アンティークに目がないという一言に裏打ちされている。世の中には趣味のためならどんなに金と時間を費やしても惜しくない人種がいて、零士がまさしくその典型であるようだ。

「見せて頂けませんか？」

満は一瞬だけ躊躇う素振りを見せてから……頷いた。

逆に信用できるかもしれない。何せ相手はお金持ちだ。満を騙《だま》してブローチをひったくるような真似《まね》はすまい。それに聞きたいこともある。

「ちょっと待っててください」

二階に上がり、荷物の中から巾着袋を手に取って店内に戻る。零士は同じ姿勢のまま待っていた。

巾着袋からブローチを取り出す。零士は差し出されたブローチを人さし指と親指で摘まむと、目の高さまで掲げた。

睨《ね》めつけるように目を細めた。

「あの……どうですか？」

いい機会だと思った。アンティークに造詣が深いと自任する零士に『銀の蝶』の価値を聞いてみたくなったのだ。アンティークを純粋に愛する者なら、質屋にいる商売のプロとは下す評価も異なるのではないか。

「売ったらいくらになると思いますか？」

「いくら……。金額を訊いているのですか？」

期待を込めた下卑た質問に、零士は目を眇《すが》めて満を見た。どこか探るような目つきに満はにわかにぞっとする。

再び『銀の蝶』に視線を戻し、それまでの柔らかさが欠けた淡白な声音で答えた。

「……悪くない一品です。おそらく純銀。蝶々のデザインはシンプルですが、翅模様《はねもよう》はレースのような細かい銀線で装飾されていて技術力は高いと思います。刻印がないのが惜しまれますね。刻印は数字やアルファベットで記載され、年代やコレクション、デザイナーや製造国を特定でき、査定の目安になります。でも、刻印がなくても意匠から大体の年代は割り出せます。流行《はや》り廃《すた》りはどの時代にもありますから。僕の見立てでは、これは戦後に造られたものでおそらく五十年以上は経過しているのではないかと思われます。古いからといって価値が下がるわけではなく、時間が経過するごとに輝きを増すのがアンティークだと考えます」

「じ、じゃあ」

「――五万円。それくらいなら出してもいいと僕は思います。もっとも、そこまでの価値を見いだせる人間がほかにもいるのかどうか、わかりかねますが」

質屋の査定金額を知っているかのような口ぶりで、五万円というのも満を気遣った金額なのだと窺える。実際はそれほどの価値すらないのだ。

「銀製品にべらぼうな値段が付くことはほとんどありません。銀器のティーセットでも五十万いけば高いほうです。有名人が所有していた、といった付加価値があればさらに高くなるのでしょうが、それも需要によります」

当たり前の話、欲しがる人間が多ければ多いほど希少価値は高まる。その付加価値とは有名人の知名度に直結し、ブローチそのものの魅力とは関係しない。

刻印がない、つまり名札がないこの『銀の蝶』に付加価値が乗ることはない。需要がなく、希少価値もない。必然、安い査定金額ばかり付けられる。

やはりか……。満は無意識に落胆し、零士はその表情を見逃さなかった。

「はっきり言いますが中古で一万円も付くならかなり良《い》いほうですよ。正直なところ、千円、二千円で買《か》い叩《たた》かれても文句は言えません。赤石さんは一体おいくらなら納得できるのですか？」

「えっと……」

思わぬ剣呑《けんのん》な雰囲気に満は戸惑った。何か怒らせるようなことをしただろうか。考えられるのは売ればいくらかと訊《たず》ねたことだが、もしかしたらその質問自体が不躾だったのかもしれない。

「ご、ごめんなさい。興味本位に訊いてしまいました」

「……あ、いえ。僕のほうこそ見せてもらっておきながら偉そうなことを言いました。すみません」

零士も我に返ったように謝罪した。アンティークに目がない零士はアンティークのことになると感情が抑えきれなくなるらしい。

微妙な空気が流れ、気恥ずかしさを紛らわすためか零士自ら巾着袋の中にブローチを収めて満に返した。

「お邪魔しました。お会計をお願いします」

現金で支払い、確かな足取りで店を後にした。瓶ビール一本だけでは酒酔いに影響しないらしい。けれど、その足取りはどこか重そうに見えた。重い気持ちを植えつけたのは間違いなく満だ。

一年生に聞いて回ったと言っていた。きっと満が苦学生であることも知っていたはずだ。そこへきて「売ったらいくらになりますか?」という質問である。零士が気分を落とすには十分すぎるやり取りだったと後で気づいた。

貧乏を気にしていないのは満だけで、周囲の目にはどうしたって同情的に映ってしまう。親友のうのでさえ気を遣うのだ、ほぼ初対面の零士がうかつに踏み込んでしまったことに対して何も感じないはずがない。感情的な態度を見せたことも零士には後悔のタネになったことだろう。

気にするなと口にするのは簡単だけれども……。満の側でも配慮に欠けていたことを反省した。今後はなるべく貧乏をひけらかさないようにしよう。うん。

となると学食でパンの耳もアウトかな、などと考えながら仕事に戻る。まもなくすべてのお客さんが捌《は》けて、その日のバイトはつつがなく終了した。

築四十年の木造アパートに帰宅した。

誰もいない居室に向かって「ただいま」を言い、手洗いを済ませて小さな仏壇に線香を立てる。三ヶ月前に亡くなった祖父に今日あった出来事を語り聞かせ、一日を総括することが最近の日課だった。

「一つ学びました。私はもう少し周りに気を遣うべきだったのです」

遺影は「気にすんな！」というふうに豪快に笑っている。チャキチャキの江戸っ子だった祖父の声が今にも聞こえてきそうだった。

「おじいちゃんが遺《のこ》してくれたこのブローチのおかげです。もう少しがんばって調べてみますね。……あれ？」

巾着袋に手を突っ込み、ブローチを握る手触りにふと違和感を覚えた。取り出してみて目視でも確認する。間違いなくそれは蝶々を模した純銀のブローチだった。

しかし、祖父の遺品の『銀の蝶』ではなかった。

形は似ている。でも、『銀の蝶』より少し小さい。所々ディテールが違う。極め付けは翅の銀線模様がはっきり異なっていた。何だこれは。『銀の蝶』を模した別の何かだ。

偽物だった。

「どうして……」

呆然と呟いていた。遺影からその疑問に答える声はついぞ聞こえてはこなかった。

＊

翌日、満は喫茶ラウンジ『いて座』に朝から乗り込んだ。零士がここに入り浸っていることはうのから聞いている。昼時を狙ってもよかったのだが、黒森零士が必ずしもここで昼食を取るとは限らないので、一日中張り込むつもりでいた。

はたして、零士はすでにラウンジにいた。隅の一角を陣取っており、昨日も連れていた男子に加え、上級生と思《おぼ》しき見た目も顔もキレイな女性四名がテーブルを囲んでいた。

和やかな雰囲気の中、微笑を浮かべていた零士はつかつかと歩み寄る満に気づくと、にわかに顔をしかめた。

「私のブローチを返してください」

零士を見下ろす形ではっきりとそう言った。零士の隣に座る男子がにやにやと口許を緩め、お姉さんたちは「一年生？」「誰かの知り合い？」と互いに顔を見合わせた。

「昨日、黒森先輩がっ、……先輩に見せたブローチです。返してくれませんか？」

先輩が盗んだ、と口走りそうになったが、あえて言わないでおく。友人たちの前で汚名を着せるのは仕返しであってもやりすぎな気がするし、ブローチさえ返してくれるなら昨日の一件は不問にしてもいい。

ただし、盗んだ云々《うんぬん》は白を切ったときのための切り札として一応取っておく。

「ブローチって？」

お姉さんの一人が零士に訊ねる。零士はそれには答えず押し黙ったまま。

「つーかよ。いきなり何だ、おまえ。どこの誰だよ？」

茶髪に耳ピアスをした、いかにもチャラそうな男子が面白がるように訊いてきた。

その場にいる全員の視線に晒《さら》される。こわい。けど、声を震わせながら応じた。

「しょ、商学部一年の赤石満と言います！　く、黒森先輩にお願いがあってきました！　私のブローチを返してくらっさい！」

噛《か》んだ！　恥ずい！　——だが、お姉さんたちの視線が今度は名指しされた零士に向いた。零士は片肘を立てて頬杖《ほおづえ》を突き、眉根を寄せると思案する素振りを見せた。

「赤石さん、って言ったっけ？　んー、どこかで会ったかな？　申し訳ないけれどまったく覚えがないんだ」

「……は⁉」

「人違いじゃないのかな？　僕は君を知らないし、君の言うブローチが一体何なのかさっぱりわからないよ」

平然と嘘を吐いた。開いた口が塞がらない。そんな馬鹿な話はない。

昨夜、帰宅して『銀の蝶』がすり替えられていることに気づいたとき、同時に犯人の顔も思い浮かんでいた。零士に見せたときはまだ本物だった。零士から巾着袋に入れて返され、その巾着袋はバイトが終わるまで満のズボンのポケットに入れっぱなしだった。そのあと赤ジャージに着替えて帰宅したのだが、その間一度も巾着袋の口を開いていない。つまり、すり替えができたのはブローチと巾着袋を直接手に取った黒森零士以外に考えられないのだ。

そうでなくても『宝龍館』にやってきたことさえすっとぼけるなんて、これでは自分が犯人ですと自供しているようなものではないか。可愛らしく小首をかしげる仕草も、それが似合う美人顔もまとめて憎たらしい。

「ひとの物盗んでおいてしらばっくれないで！」

つい怒鳴ってしまった。勢い零士の罪を告発してしまったが知ったことか。

目を怒らせる満の迫力に、場がにわかに張り詰める。緊張したのは女性陣だけで、茶髪男子は満の反応をいちいち面白がっているのか笑みを崩さなかった。

「盗んだだって？　おいおい、そんなに金に困っていたとは意外だな。一言俺に相談してくれりゃあいいのによ」

零士もすまし顔で受け答える。

「真に受けないでくれ。僕が盗み？　冗談じゃない。仮にお金に困っていて、彼女の言うとおり盗みを働いたとしてもだ、――物と相手くらいきちんと選ぶ」

満の目を見つめて、おまえのような貧乏人に用はない、とはっきり告げた。

「もっとも、僕がお金に困ることなんてありえないけれどね」

「だそうだぞ、一年生。残念だったな。こいつの家は超が付く金持ちだ。欲しいモノがありゃ大金積めるだけの余裕がある。どうしてわざわざ盗む必要がある？」

そんなことは指摘されずともわかっている。大企業の創業者一族の零士が、見るからに貧乏人の満から物を盗むこと自体おかしいのだ。法を犯すよりも札束で頬を打つほうがまだらしいというもの。満も当事者でなければそう考える。

でも実際に零士は盗みを働いた。どうしてかなんてこっちが聞きたい。

「こいつと仲良くなりたいなら回りくどいことしないほうがいいぜ」

「……はい？」

「つまり、これは被害者のフリをしたナンパだろ？　よくもまあ考えたもんだ」

「はい⁉」

何でそうなる⁉　勘違いもいいところだ！

しかし茶髪のその一言で、盗んだ物を返せと言ったのは零士の気を引こうとして吐いた虚言である、という印象を周りに植えつけた。空気が明らかに変わった。

「わ、私は本当にブローチを返してもらいたいだけで！」

「ひとを盗人呼ばわりしたらそりゃ印象わりぃよ。一旦出直してこいよ。ま、再チャレンジする度胸があればの話だがな」

「待ってください！　話を聞いてください！」

満の言葉の根拠が薄い分、すり替わった論点を元に戻すことができない。

このひともグルか？　と、疑ってもおかしくない手際だった。

お姉さんたちの間にも、なあんだ、という弛緩《しかん》した空気が漂った。

「赤石さんだっけ？　零士君ってファンが多いから大変だよ。ちょっかいかけたくなる気持ちもわかるけど、まずは自分磨きから始めよっか」

赤ジャージを見られながら諭される。中には不機嫌な顔を隠そうともしないお姉さんもいて、なんなのこいつ、と敵意剝《む》き出《だ》しで睨《にら》みつけてきた。ここにいるひとたちは全員黒森零士のファンなのだろう。

零士が神妙な面持ちで言った。

「本当に君がブローチを失《な》くして困っているのなら、もう一度身の回りをよく調べてみることだ。案外、ポケットや鞄の中からあっさり出てくるものだよ」

暗に、巾着袋の中身を確認しろと言っていた。

「もし出てきたなら、そのときは謝罪の気持ちを受け入れてあげてもいい」

もう一度会ってやる、という上から目線での譲歩であった。何様かと思ったが、彼の取り巻きには親切心に映ったことだろう。おかしな一年生を弾《はじ》くことなく、今回の非礼さえ水に流すというのだから。

完全にアウェイだった。今さら零士の口から謝罪の言葉が飛び出すとも思えず、ここにいるだけ無駄な気がしてきた。

悔しくて堪《たま》らない。捨《す》て台詞《ぜりふ》を吐くのも負けた気分に拍車を掛けそうなのであえて無言で立ち去った。

その背中に零士の声が届く。

「そんなに大切なブローチだったの？」

返答を期待していない問い掛け。

それは、そんなはずないだろ、という反語を込めた零士からの皮肉であった。

＊

赤石満の両親は、割とろくでなしの部類に入る夫婦であった。

父は祖父と反りが合わず、十代の頃は非行に走り、高校を中退してからは職を転々とし、成人を迎えてからは公営ギャンブルにのめり込むようになる。それは後に妻となる遊び相手に子供ができた後でも変わらなかった。

母もまた非行少女であった。中学卒業と同時に上京し、ナンパで知り合った男のアパートに転がり込んだ。紆余《うよ》曲折《きょくせつ》を経て広がった交友関係の中に父がいて、軽い浮気のつもりが子供を孕《はら》んでしまい、カレシに捨てられたので仕方なく父の許に嫁いだ。

愛情があってくっついたわけではない夫婦にとって、子はかすがいにならなかったようだ。赤ん坊の満を祖父に押し付け、父は博打《ばくち》で借金を増やし、母は夜遊びで男漁《あさ》りを繰り返す。破綻は呆気《あっけ》ないほど早く訪れた。夫婦揃《そろ》って蒸発したのである。

祖父や、祖父の周りのひとたちの善意と協力のもと満は育てられた。

両親がろくでなしであったことは周りの大人がどんなに隠していてもなんとなく察せられた。そもそも物心ついた頃にはすでに姿がなく、連絡もなく、誰も彼らを擁護しなかったので自然とそうかと納得していた。物事の分別がつくようになると、むしろ両親がいなくてよかったのでは？　と思うようになる。いたら悪影響は免れなかっただろうから。

おかげで素直でまっすぐな人間に成長できたと自負している。

一つだけ欠点を挙げるとすれば、幼少期は体が弱かったことである。定期的に医者に掛かり、そのたびに医療費がかさんだ。父が押し付けていった借金の返済まで行っていた祖父にとってそれは大きな負担だったことだろう。過労が祟《たた》って体調を崩すようになると満は祖父に対して負い目を感じるようになる。

家計を助けたくてアルバイトをしようとすると、祖父に強く止められた。

「そんな暇があるんなら勉強しろや。満を大学に行かせることがじいちゃんの夢なんだからよ。浪人なんてしたらタダじゃおかねえぞ」

冗談めかして発破を掛ける。祖父は続けてこう言った。

「それによ、こちとらまだまだ働き盛りだ。孫っ子に心配されるほど落ちぶれちゃいねえよ！　じいちゃんを助けてえと思うなら大学出た後にバリバリ稼いでくれや！　そんときゃ大人しく助けられてやるからよ！」

満としては進学せずにすぐにでも働きたかったのだが、夢とまで言われては大学を目指すしかなくなってしまう。育ててもらった恩義に報いるためにも満は苦手な勉強をがんばった。

祖父が脳溢血《のういっけつ》で他界したのは、満が高校を卒業し、大学の合格通知が届いた翌日のことだった。夢が叶《かな》うのを見届けたかのようなタイミングで、その巡り合わせには祖父の意志を感じずにはいられなかった。

大学は必ず出ようと決心した。

祖父は庭師であった。長らく造園会社で親方を務め幾人かの弟子を取り、還暦を間近に控えてからは庭の工事と維持管理を特定の施主の許に通って行っていた。丁寧な仕事ぶりと洗練された感性は多くのファンを作り専属扱いするほどに重宝がられ、中でも日本有数の資産家であった白峰家は仕事外でも親交を深めた唯一の雇用主となった。

江戸《えど》っ子《こ》気質《かたぎ》でざっくばらんな物言いをする祖父の距離感の詰め方は畑の違う実業家には苦手とされがちなのだが、白峰家には相通ずるものがあったようで、気が合うばかりか家族ぐるみで付き合うほどに気を許しあった。幼い満が自然公園だと勘違いして駆け回っていた真っ平らな草原が、実は白峰邸の大庭だったという事実は記憶のどこを探してもいまだに至らない真相である。

時の移ろいとともに仕事の現場も変わり、祖父の口から白峰の名をめっきり聞かなくなって久しい高三の夏のこと。祖父が純銀のブローチを買ってきた。

三百万円を即金で支払ったという。現金一括が条件だったので街金を頼ったと包み隠さず打ち明けた。高額商品にそんな条件を付けた売人も十分怪しいが、疑いもせず大金を借りに走った祖父もまた信じられなかった。

「表に出回ることがない代物で、この機会を逃せば二度と手に入らないかもしれなかった。業者もそれがわかっているから吹っ掛けてきた。だが、じいちゃんは後悔しちゃいねえ。満、おまえに迷惑はかけねえよ。借金は俺ひとりで返していく。だから、許せ」

許すも許さないもない。これまで自分のための贅沢《ぜいたく》といえば晩酌の酒と趣味のボウリングの球を購入することくらいだった。高い買い物に呆気に取られただけで、祖父が後悔していないと胸を張ることに何の文句があろうか。

「これはなあ、俺の親友が持ってた大切な宝物だったんだ。そいつ自身も行方を暗ましていてしばらく会えてねえが、再会することがあれば返してやりてえんだ」

誰なのその親友って？

「覚えてねえか？　白峰っていうよ。そういや満もあいつの孫っ子に散々遊んでもらってたなあ。孫の名前は、あー……何つったっけか？」

純銀のブローチ『銀の蝶』は、元は白峰家の持ち物で、今は満に受け継がれた祖父の形見だ。三百万円の借金ごと相続したのは祖父の無念を忘れないためでもある。返すのだ。元の持ち主に。

探すのだ。白峰何某《なにがし》さんを。

こうして満の極貧学生生活はスタートした。

バイトして借金を返しつつ『銀の蝶』の持ち主を探し始めたが、白峰という名前だけでは手掛かりとして薄すぎた。行方不明だという話だし、簡単に見つけ出せるなら祖父も存命中に会ってブローチを返せていたはずである。

アプローチを変える必要があった。

幸い、この『銀の蝶』も手掛かりになり得るのだと気づいた。

質屋に鑑定しにいったのは『銀の蝶』の情報を引き出すためだった。三百万円もの価値があるのだ、さぞ高名な美術品に違いないと意気込んだのはしかし最初だけ。数千円程度の買取価格を付けられるたびに誓った意気地が萎《しぼ》むにあわせて虚《むな》しさが広がっていく。

――さ、三百万くらいの値打ちってないでしょうか？

本当はわかっていた。勇気を振り絞らなければ訊けない時点で満自身も認めていた。このブローチには二束三文の価値しかなく、元の持ち主に近づく手掛かりにすらならないということを。それでも質屋を巡るのは諦めきれない心があるからか、単に意地を捨てきれずにいるだけか。

だが、零士に『銀の蝶』を奪われたことで心は折れるどころか再燃した。

——そんなに大切なブローチだったの？

売ろうとしていたくせに、と。査定金額を気にするのはそういうことなんだろう、と揶揄された。そんなんじゃない。反発を覚えたことで取り返したい気持ちが膨らんだ。三百万円の値打ちがあろうがなかろうが祖父の形見に違いなく、価値なんて現在の持ち主がそこに見いだせたならそれで十分ではないかと気づかされたのだ。

また、零士が奪っていったことで、罪を犯してでも手に入れたいと思わせる価値が『銀の蝶』にはあるのかもしれない、という期待を抱かせた。少なくとも零士は『銀の蝶』の来歴を知っている。事前に偽物を用意できたのは本物の形を正確に知っていたからでもある。

おかしな話だった。奪われたことそれ自体は悲しいのに、同時に認められたような気がしてうれしいだなんて。

理由を知りたかった。そうまでして『銀の蝶』を手に入れたかったその理由を。

そして、絶対に取り返すんだ。

では、どうやって取り返す？

もう一度零士に直談判《じかだんぱん》してみるか。いや、どうせ白を切られるのがオチだろう。零士が盗んだとする決定的な証拠がないかぎり状況がひっくり返ることはない。

せめて味方がいればと思う。咄嗟に思いついたのは反町うのだが、満の現状を知ればうのはきっと怒る。祖父を亡くした傷心が癒えるまもなく返す筋合いのない借金を自ら背負って苦労を重ねる満のことを、うのは烈火の如《ごと》く怒るだろう。長々と説教し今後のことを心配して、そして最後は満の代わりに泣いてくれるのだ。そういう優しいやつなので軽々しく頼ってはいけないと思いなおす。

ならば、どうやって取り返す？

正直なところ、零士を出し抜ける自信はない。いま思えば、よくよく考えもせず真正面から突撃した自分はどうかしている。口争いが苦手でいつもうのにからかわれているくせに。ましてや悪意をもって騙そうとする輩《やから》相手に敵《かな》うわけないだろうに。

正攻法が駄目なら、卑怯《ひきょう》な手段を用いるか？

たとえば、隙を見て零士からブローチを奪い取る——というのはどうか。零士に気づかれることなく盗み出せたら上々で、できれば満に嫌疑が掛からないよう仕向けられたら言うことはないのだが。

——って、そんな漫画に出てくる怪盗のような真似ができたら誰も苦労は……。

「──あっ！」

『ん？　ど、どうしました？　どうかしましたか？』

講義中である。悲鳴にも似た声を上げた学生に対し授業を妨げられた教授はしかし、怯《おび》えた声でマイク越しに質問する。授業内容にとんでもない誤りでもあったのか。黒板を凝視しミスした箇所を懸命に探すその背後では、居並ぶ学生が最後列に座る赤ジャージを訝しげに振り返った。

満は教室のざわつきを歯牙にもかけず、ノートの上でもてあそんでいた偽物ブローチを呆然とした面持ちで見下ろした。

「……思い出した」

それはパズルのピースが嵌まるが如《ごと》く──。

白峰界人は、「お兄ちゃん」の名前である。

＊

怪盗【白峰界人】とコンタクトを取る手段は限られている。

まず大学が敷設する学内ポータルサイトに各人に配布されているユーザIDでログインし、次にトップページから【白峰界人】の名前を検索する。すると、画面にはエラーが表示されるが数秒後には特定のURLへと飛ばされる。多くの人間はこの時点で悪意のあるプログラムによって引き起こされる動作だと勘違いしてページを遮断するが、腹を据えて飛ばされたサイトが表示されるのを待てばそこには【盗みの心得】という文字が浮かび上がってくる。【白峰界人】が運営しているサイトの名前である。

サイト概要欄には、盗んできてほしい物やそれにまつわる身の上話を書き込んで日頃の鬱憤を晴らすことを目的とした匿名掲示板——といった主旨の説明文が書かれている。七不思議を利用したジョークか、はたまた七不思議のほうがこのサイトを原型としたのか。管理者の正体は依然として知られていないが学校関係者であろうという憶測が立つ。

スマホからでもアクセスできるが、ウイルスなどセキュリティ面を考慮したとき学内共用パソコンを使ったほうが安全だと判断した。満は利用者が少ない時間帯を見計らって【盗みの心得】にアクセスした。そこには割と多くの書き込みがあって驚いた。匿名という気軽さと人知れず運営されている怪しさに触発されるのか、かなり過激な内容に寄っていた。盗みのターゲットを名指ししたり、「死ね」や「殺す」といった表現もよく目についた。なるほど。日頃の鬱憤とはこういうことか。開始五分ですぐに気が滅入《めい》った。

黒森零士の名もやたら目についた。書き込んだのはおそらく女性で、彼のファンなのだろう。『レイシ様の私物が欲しい』という願望がほとんどだ。

「――ふう」

緊張する。怪盗が本当かどうかわからないが、【白峰界人】は実在する。問題はそれが記憶の中に出てくる「お兄ちゃん」と同一人物かどうかだ。

おじいちゃんの親友のお孫さん。

『銀の蝶』の本来の持ち主のお孫さん。

そのひとが怪盗だというのならなおのこと伝えないわけにいかない。

〈黒森零士に奪われた『銀の蝶』のブローチをどうか取り返してください。

商学部一年　赤石満〉

縋《すが》るべき手掛かりは、もうここにしかなかった。

＊

一週間後、満のスマホ宛てにダイレクトメールが送られてきた。差出人は不明。だが、本文の最後に【白峰界人】の署名があったので【盗みの心得】の運営管理者からのメールだとすぐにわかった。

本文にはこうあった。

〔ご依頼の件に関しまして、直接ご相談できればと考えております。お手数ですが、明日の十三時に以下の場所までお越しください〕

ビジネスメールか何かだろうか。いや、怪盗を職業と考えるなら確かに満はクライアントでありメールの内容もそれらしいと言える。

掲示板を見た第三者によるイタズラの可能性もなくはないが、いちいち気にしていたら何も前に進まない。とにかく行ってみよう、と満は指定された場所に向かった。

喫茶ラウンジがある建物の裏手に回り込む。搬入口のシャッターが開いていたのでこっそり忍び込み、厨房に繋《つな》がる通路の途中にある【倉庫】に入る。備品が押し込められた棚が所狭しと林立する中をさらに奥へと進むと、段ボール箱が積み重なった一角に行き当たる。空の段ボール箱を横にずらし、天井からぶら下がった暗幕をめくるとそこにはステンレスのドアが隠されていた。意図して隠された秘密の扉。ここが指定された目的地だ。

一応ノックをし、恐る恐る中に入る。そこはブティックの試着室ほどの広さしかない、常夜灯のオレンジ色をした明かりが頼りない薄暗い空間だった。

木製の椅子がこちら側に背を向けてぽつんと置かれていた。ここに座れということか。だが、座ったところで目の前はもう壁だ。ここで何かをするには狭すぎるので、待合室か何かだろうと無理やり納得して腰掛けた。すると、壁と思っていたものが格子窓が付いた衝立《ついたて》だと気づいた。教会にある告解室を彷彿《ほうふつ》とさせる。つまり、この仕切りの向こうにも同じようにひとが座っている可能性があり無意識に顔を近づけていくと——。

「ようこそ。赤石満さん」

「ひゃあ!?」

死ぬほど驚いた。声が予想より近しい距離から聞こえたのだ。おそらく衝立を取り除けば彼我の距離は五十センチもないのではないか。

「ああ、驚かせてしまったようだね。申し訳ない。……いや、このような場所に女の子がひとりで来たのだから恐《こわ》がるのも無理はない。重ねてお詫《わ》びしよう」

その声は想像以上に低く大人びていた。同年代にはあまり聞かないハスキーな声質で、中年男性を思わせた。

そのとき、脳裏には『いて座』のマスターの姿が思い浮かんだ。見かけただけでしかないが、マスターはおひげを蓄えたロマンスグレーの渋いおじさまで、喋《しゃべ》ればきっとこんな声をしているんじゃないかと容易に想像ができた。

このひとが【白峰界人】なのだろうか。

「本題に入る前に一言いいかな。掲示板に本名を書き込んでいたね。あまりに危険だったので君のコメントはすぐに削除した。ああいった真似は今後は慎むように」

「え？　でも、そうしないと依頼したのが私ってわからなくないですか？」

「アクセスしたユーザＩＤを割り出せば特定は容易《たやす》いのだよ。私はこの大学にあるすべての情報を掌握している。君のこともね。今回のことに限らず、あまり世間を見くびらないほうがいい」

インターネットで不用意に個人情報を漏らすなとのお説教だった。

「自己紹介しよう。私が【白峰界人】だ。掲示板にあったコメントの中で君のものには特に切実さが感じられた。詳しく聞かせて頂きたい」

依頼を受けるかどうかは詳細を聞いてから決めるという。

満は盗まれた物と経緯を丁寧に説明した。

白峰界人が相槌《あいづち》を打ちながら話を誘導してくれたので、スムーズに説明し終えた。たくさん依頼をこなしてきたからなのか、かなり聞き上手であるようだ。

「ふむ。経緯はよくわかった。だが、一つ腑《ふ》に落ちないのがどうして黒森零士はわざわざすり替えなんていう面倒なことをしたのだろうね。ダミーのブローチを作るだけでも一苦労なはずなのに」

それは満にもわからない。でも、そのおかげで被害を訴えることが難しくなっている。本物と偽物がすり替わったことに気づけたのは満だけで、偽物を取り出して騒ぎ立てたところで誰も信じてはくれないだろう。

「盗んだことがバレたときに言い逃れるため……でしょうか？」

「君相手にそこまでする必要があるのかい？」

そんなことはこっちが聞きたい。単純に盗まれただけでも満はきっと対処に困っていただろうし、むしろそっちのほうが証拠を残さずに済んだはずなのだ。ダミーのブローチがそのまま物証として残ったのは零士にとって痛手ではないのか。痛手にならないとすればそれは満を軽んじているからということになるが。……やばい。その線が一番濃厚な気がしてきた。

いやでも、軽んじることと手間を掛けることは結びつかないはずだ。

ダミーを用意した意味とは何だ。

「あの……取り返してもらえるんでしょうか？」

話を聞いた上で判断するということだった。数秒考えるような間を挟んでから、白峰界人は「ところで」と話題を変えた。

「君はその偽物も質屋に持っていったのかな？」

見透かしたような問い掛けにぎくりと背筋が伸びた。直感的に、このひとは満の最近の動向をすべて把握しているのだと気づいた。

「……持っていきました」

「査定金額はいくらになったのかな？」

――ああ。やっぱり。観念したように呟く。

「……十万円でした」

試しに持っていった質屋では偽物ブローチが高額で評価された。というのも、ハイブランドから最近限定販売された『蝶々をモチーフにしたシルバーアクセサリ』の本物と認められたからである。

偽物なのに本物？　と、若干混乱もしたのだが。ネットで検索してみると、確かに満でも知っている有名なファッションブランドの公式ＳＮＳに瓜二《うりふた》つの商品が紹介されており、そのときすでに生産終了のアナウンスがされていた。数量限定ということもあって、フリマアプリでは定価の二倍近い金額で取引されているという記事まで見つけてまた驚いた。転売が横行するわけである。

「二束三文だった品物が十万円に化けた。まるでわらしべ長者だね」

「……そうですね」

ますます腑に落ちない。下手をすれば満のブローチよりも手に入りにくい限定品をすり替え用の道具に流用するなんて。

「それが答えなのではないのかな？」

「どういうことですか？」

うっすらと笑う気配が漂った。

「お金に困っている君のために本当に価値のある物と交換した。すり替えに君が気づかなければよし、気づかれたとしてもより高価な物なら返礼品として十分だろうと考えた」

「え、……んん？」

「君だけが損をすることを避けたのだろう。だから手間を惜しんでもすり替えを実行したに違いない」

「いや、違いないって言われましても……」

何なんだその理屈は。腑に落ちないどころか理解不能である。そんな良心があるのならそもそも人の物を盗むなと言いたい。

しかし、白峰界人は「せめてもの誠意だったのだろうね」となぜか黒森零士の肩を持つ。

「おそらくこうだ。黒森君はアンティークが好きだ。市場価値が無くとも君のブローチをなんとしても手に入れたかった。一方、君はお金が欲しい。ブローチを売って大金を手に入れたかった。すり替えは両者の希望を叶えていると見ていい。すなわちこれは等価交換だ」

「はあ!?」

とんでもない着地の仕方に思わず叫んでしまった。満がお金目当てでブローチに執着しているると思われていることにも腹が立つ。そりゃ私は貧乏ですからそう思われても仕方ないですけど！

「良い取引だったと思って身を引かれては如何かな？　本物のほうがもっと高く売れるはず――そう信じたい君の気持ちもわからなくないが」

諦めたほうがお得だよ、と説得され、呆気に取られた。

ここまで言われたら嫌でも確信してしまう。

白峰界人は依頼を受ける気がないのだ。

「と、取り返してくれるんじゃないんですか⁉」

「必要性がまったく感じられないな。二束三文の本物を取り返したところで君に得はない。私も骨折り損はしたくない」

「待ってください！　私はあのブローチが必要なんです！　すり替えられた偽物なんて要りません！」

「どうして？　祖父の形見だからか？」

「そうです！　大切なものなんです！　だから！」

「こう言ってはなんだが、君の祖父は悪徳業者に騙されたのだ。おかげで馬鹿げた借金を君は背負わされている。しかし今回、不本意かもしれないが十万もの価値あるブローチと交換してもらえたのだ。少しでも返済の当てにできるのだから、ありがたく使わせてもらえばいい」

「できませんそんなこと!」

他人の物と知ってて売り払ったらそんなの泥棒と一緒だ。

満は盗られたものを取り返したいだけなのに。どうしてそれが伝わらないのか。

「本物を何度質屋に持ち込んでも査定金額は変わらない。いま持っている偽物を売ったほうが確実に儲《もう》かる。君は何が不満なのだ?」

「別に私、お金が欲しいんじゃありません! 本物を取り返したいんです!」

「なるほど。本物も偽物もどちらも手に入れたいと言うのだね。だから私を頼った」

「ち、違います!」

満が苦学生であることはとうに知られている。金目当てという思い込みによりどんなに否定してもありもしない裏を読まれてしまう。質屋通いがその思い込みの論拠になっているのがまたもどかしく、必死になればなるほど白峰界人の心証を悪くする。

「まったく、さもしいことだ。パンの耳を齧っていれば誰もが同情すると思ったら大間違いだ。一部からは義賊などと持《も》て囃《はや》されているがね、私はそこまでおめでたい人間ではない」

さすがにその一言にはカチンときた。椅子を蹴飛ばして立ち上がり、

「違うって言ってんでしょうが！」

バン、と衝立を叩く。向こう側で人影が怯《ひる》んだのがわかった。

「そりゃ私は三百万の借金抱えて、毎月利息分を返すだけで精一杯で、おっしゃるとおり毎日パンの耳を食べてますけれども！　でも、それが何ですか⁉　それでも私は生きてます！　バイト先のまかないとか余った食材とかで何とか食いつないでいけています！　優しいひとが周りにたくさんいるから！　助けてくれるひとがいてくれるから！　私は十分幸せなんです！　お金なんかなくても全然平気なんです！」

同情されたことならたくさんある。お菓子や洋服を恵んでもらったこともしょっちゅうだったし、今はうのがいろいろと世話を焼いてくれる。けれど、それらの行為に侮蔑や嘲笑が混じっていたと感じたことは一度もない。たとえ偽善に見えても優しくされたのは本当で、満は何度も何度もそれらに助けられてきた。

満を助けてきたひとたちをひっくるめて「おめでたい」というその口が許せない。お金さえ得られれば、得《とく》さえすれば、された悪意に目をつぶれとするその考え方が我慢ならない。

さもしいのはどっちだ。金ですべての貧乏人が救えると本気で信じているのなら義

賊こそおめでたい人間ではないか。

　お金のために生きてるわけじゃない。お金なんて。お金なんて。

「お金が何だってんですか⁉　いいですか！　本当に大事なものってのはお金では手に入らないものなんです！　大金積まれたって売れないものなんです！　お金で買えるものなんて実は全然大した物じゃないんです！」

　このひとはお兄ちゃんなんかじゃない。

　たとえ同一人物だったとしても、私の知っているお兄ちゃんではない。

　肩で息をしながら着席する。……ちょっと感情的になりすぎた。ばつが悪くなり顔を上げることができない。

　衝立の向こう側では気を取り直すように咳払《せきばら》いをした。

「……一つ反論させてほしい。お金も大事だよ。もっとも、赤貧の君には釈迦《しゃか》に説法だろうがね」

　嫌みは負け惜しみのようにも聞こえ、少しだけ溜飲《りゅういん》が下がった。

「もうあなたには頼みません。元々、信用していませんでしたから。あなたは何の罪もないひとからも物を盗むって聞きました」

「ほう。どんな話が伝わっているのかな？」

「……バイクです。駐輪場に置いていたのを盗られたそうです。そこにはあなたの犯行声明が残されていたそうです」

「ああ。たしかそんなこともあったね」

「やっぱり……。あなたは別に困っているひとの味方ではないんですね」

白峰界人は義賊ではなかった。本人もついさっき言っていたではないか、自分はそこまでおめでたい人間ではない、と。依頼を選ぶ基準など知る由もないが、人助けでないことだけは確定した。

「そのとおりだ。私は誰の味方でもない。ただバイクの件だがね、盗まれた側が何の罪もないとどうしてわかる？　君はその人物を知っているのか？」

「知りません、けど」

「ならば教えてあげよう。その男はいたいけな新入生男子をコンパや合コンに誘い女子を宛がって誑《たぶら》かし、後日怪しげな商材を高額で無理やり売りつけていた。もちろんアフターケアは一切なしだ。泣き寝入りを余儀なくされた被害者は数知れず。その儲けでバイクを購入したことは誰の目にも明らかだった。さて、バイクを盗んでほしいと依頼してきたのは誰だと思う？」

「……」

「罪のない人間などいやしない。君も犯罪と知ってて依頼しにきたのだろう? 盗むのは私だが、事が済んだら依頼した君も同罪になる。履き違えてもらっては困る。義賊であれ何であれ、怪盗が正当化されることはないのだよ」

たとえ困っているひとの味方であったとしても犯罪を容認するのは間違いだ。ひねくれた考え方をすれば、その困っているひとを犯罪行為の言い訳に使っているという見方もできる。そういう見方もあるということを白峰界人はきちんと弁《わきま》えていた。

「信用の可否を美談と醜聞に左右されるくらいならこんなところに来てはいけない」

もっともだと思った。事情はどうあれ盗みの企てを持ち掛けている時点で依頼者も十分怪しいのだ。信用できないなんて口走った自分が恥ずかしくなる。

それでも、と満は顔を上げた。

「それでも私はあなたに直接会う必要がありました」

「……祖父の形見を取り戻すためだろう?」

「それもあるけどそれだけじゃありません。私、あなたに話さないといけないことがあるんです」

「というと?」

満は正面をまっすぐ見据えた。

「私が『銀の蝶』のブローチを調べていたのはあなたを探し出すためだったんです。なぜなら、『銀の蝶』の元の持ち主は白峰界人さん——あなたのおじいさんですから」

衝立の向こうから息を呑《の》む音がした。

確信を得るまで言いたくなかったが、こうなってしまっては仕方がない。

本当は本人の口から聞きたかった。

「覚えていませんか？　子供の頃、私はあなたによく遊んでもらっていました」

同姓同名の線も捨て切れないが、満は同一人物の可能性を信じてここに来た。

黒森零士から本物のブローチを取り返したい気持ちが半分。もう半分は、懐かしい顔に会いたかったから。

祖父を知っているかもしれないひとと会って話がしたかった。

「……覚えていないのなら結構です。人違いだったみたいです」

失礼します、と満は頭を下げて退出しようとした。

そのとき、溜め息交じりの声。

「バカなのかな、君は？」

「は？」

耳を疑った。文字通りの意味で。声が別人のように変わったのだ。

「本名で怪盗をするやつがいると本気で思っているのか？ だとしたら呆《あき》れるよ」

「え？ え？ え？」

ハスキーだった声色が一転して若返り、同年代の男の子のものになった。どこかで聞いた声だ。それもごく最近。必死に思い出そうとしているうちに、目の前にあった衝立が真横にスライドして壁に吸い込まれていく。

「まあ、君のような愚か者を引っ掛けるために【白峰界人】を名乗っているわけだが」

「く、黒森先輩⁉」

衝立の陰から現れたのは黒森零士だった。キレイな顔が暗がりだと本物の能面のように浮かんで見えた。ただ、そこにある迫力は美貌によるものだけではなく感情を必死に打ち消さんとする無表情のせいである。

そして、告解室だと思っていたそこは通路の真ん中で、零士の背後に延びた先の突き当たりからは白い光が洩《も》れている。

「ほら。そこまで言うなら大事に持っておけ」

「あ、わっ⁉」

放り投げてきた物を咄嗟に受け止める。それは『銀の蝶』のブローチ。紛《まが》うことなき祖父の形見だった。

「これに懲りたら二度とそのブローチのことを調べようとするな。白峰界人のこともだ」

「ど、どうして⁉　先輩は何を知っているんですか⁉」

「君には関係ない」

そう言い捨てると、再び衝立が横スライドして満と零士の間を遮断した。苛立《いらだ》ちをぶつけるかのように、がしゃんっ、と大きな音を立てて鍵を掛けられる。

「黒森先輩！」

衝立に張り付く。格子窓の向こう、通路の先に革靴の音が遠ざかる。

満は打たれたような顔をしてしばらくその場に立ち尽くした。

＊

通路の突き当たりは十畳以上の広さがある洋間に繋がっている。

喫茶ラウンジ店内の最奥に当たるその部屋の存在を知る者は少ない。ソファやテーブル、家具家電まで持ち込まれた隠れ家的休憩室。頼めば厨房から飲食の差し入れまであって至れり尽くせり。まさに大学内におけるセレブ御用達《ごようたし》のＶＩＰルームだ。

苛立ち気味に帰ってきた零士に向けて乾いた拍手が鳴った。

「ご苦労さん。よくがんばってたと思うぜ。うん」

そう言ったのは綿野《わたの》勇吾《ゆうご》だ。大学に入学して一年余り、すっかり様になった茶髪とピアスを眇めるように睨みつけながら零士はソファにどかりと座った。

勇吾は笑いを堪《こら》えながら、膝に乗せたノートパソコンを反転させて液晶画面を見せてきた。そこには衝立が置かれた通路の様子が映し出されている。

「ずっと観させてもらってた。音声もうまく拾えたし録画もばっちりだ」

通路には小型のカメラとマイクが設置されていて、二十四時間リアルタイムで監視可能になっている。先ほどの赤石満とのやり取りも余すことなく筒抜けだった。

「再生してやろうか？　衝立叩かれたときの零ちゃんの驚きっぷりったらなかったぜ」

「うるさい！　あいつが粗暴なのがいけないんだ！　やっぱり僕とは合わない！」

「挑発したのは零ちゃんのほうだろうに」

まったく、と呆れる勇吾からぷいと顔を背けた。

「つってもよ、合わないからナシ、なんてのは聞かないぜ？　こうなった以上、零ちゃんには俺の意見に従ってもらう。何よりあいつ、思っていたよりずっと面白い」

勇吾が手のひらに拳を打ち添える。突発的な事故や事件を面白がる性質は軽薄な見た目どおりだが、あえて危険な橋を渡るからには相応の覚悟も決めている。こうなった勇吾が手前勝手な反論に聞く耳を持たないことは長い付き合いから理解しており、

──零士はふて腐れて舌打ちした。

赤石満のことは質屋に『銀の蝶』を査定に出す以前から注目していた。といっても、調べたのは表面的な情報だけで個人の資質にまで興味は湧かなかったが。調査対象に引っ掛かったのは白峰藤一《とういち》の親友の……その孫という遠い位置からでほとんど偶然だったと言ってよく、『銀の蝶』らしきものを質屋に出さなければ生涯係わることもなかった。

「にしても、ブローチまで返すことなかったのによ。優しいなあ、零ちゃんは」

「そんなんじゃない！」

「怒鳴るなよ。そんなに嫌なのかよ？　赤石満と係わんの」

「……あいつの口から界人の名前が出ることさえ不快だ」

「仕方ねえだろ。固有名詞なんだし。実際に【白峰界人】を名乗っているんだから、そう呼ばれなきゃおかしいだろ？」

くそ。わかっているくせに。わざと揚げ足を取るようなからかい方をする勇吾に、零士はますます不機嫌になる。

勇吾はトドメとばかりに満とのやり取りの動画を再生した。場面はいきなり佳境で、満が衝立を叩いたところですかさずポーズ。悪意ある切り抜きに零士は反射的に「やめろってば！」と怒鳴り、勇吾は腹を抱えて笑った。

「わりぃわりぃ！　ンでもよ、零ちゃん。こっから先は動かぬ証拠なんだぜ？」

再び再生ボタンを押す。「お金が何だってんですか!?」と叫ぶ満の声に、ふたりは黙って耳を傾けた。啖呵《たんか》を切り終えたところで、勇吾がぽつりと呟いた。

「お金で解決できるなら安いもの……か」

言い方は違ったが、満が口にしたのはそういう意味だ。

「いかにもあいつが言いそうなセリフだな。逆説的っつーか、嫌みっぽいっつーか」

「ああ、界人の言葉だ」

「赤石満は界人のことを覚えていた。資格としては十分だ。そうだろ？　零ちゃん」

原則ではそうだ。しかし、感情が満を許さないので零士は素直に頷けない。

意固地だな、と勇吾は苦笑した。

「赤石満を【白峰界人】の一員にする。頼むぜ、リーダー」

念を押されていよいよ顔を渋くする。
覆らない決定を前にしてもなお、零士は最後まで頷くことはしなかった。

第二話　潜入捜査

あれから一週間、満は常に悶々《もんもん》としていた。――結局、黒森零士は何がしたかったのか。怪盗【白峰界人】を名乗り一芝居打ったことに何の意味があったのか。

ブローチは今、巾着袋の中に偽物とともに収まっている。無事戻ってきてうれしい。けれど、あれから何の音沙汰もないのがどうにも気持ちわるく不安が募った。

お兄ちゃんと黒森先輩ってどういう関係なんだろう？　まさか黒森先輩がお兄ちゃんだった、なんてことはないと思うけど。幼少の頃の記憶しかないとはいえ、お兄ちゃんの顔と黒森先輩の顔を見間違えるはずはない。あの美顔は、子供のときであろうと一度でも会っていれば記憶に残っているはずだから。

そもそもお兄ちゃんの顔ってどんなだったっけ、と学食で昼食を食べつつ頼りない記憶を探っていると、

「お、いたいた！　その赤ジャージは見つけるのに便利でいいな！」

気安く話しかけてきたのは茶髪に耳ピアスが目立つイマドキの男子であった。

いつも黒森零士の隣にいたあの男子学生である。

「よっ！　ここいいか？　別にいいよな？」

「え、あの……」

　満の了解を得る前に隣の席に座った。コンビニのレジ袋から鮭《さけ》弁当を取り出して、見た目に反してお行儀良く「いただきます」と言ってからぱくついた。

「コンビニ弁当って年々美味《うま》くなってるよなー。冷めてても美味いわ」

「あの……あっちにレンジありますよ？」

「マジっ!?　学食ってそんなもんまで完備してたのかよっ！　一年以上通ってて初めて知ったぜ！」

　ということは、この茶髪ピアスは少なくとも二年生以上。先輩だ。

　茶髪ピアス先輩は電子レンジに並ぶ列を見て「まあいいや」と温めることを諦めた。冷めてても美味いと感動していたのでさほど問題はないようだ。

　ふと満の手許に目が留まり、食い入るように見つめた。

　いつもの如くパンの耳である。

「それ、美味いのか？」

「美味《おい》しいですよ。柔らかくてモチモチしてます」

　もぐもぐ咀嚼《そしゃく》しながら言う。催促されている気がしたので、どうぞ、と袋の開け口を向けた。茶髪ピアス先輩はひと欠片《かけら》摘まんで食べると「うまっ！」と目を輝かせた。

「これ、油で揚げて砂糖塗《まぶ》したらもっと美味いんじゃねーの」

「あ、美味しそう。きな粉もいいかも」

「となると黒蜜も欲しいな。黒砂糖って『いて座』の厨房にあった気がする」

「自分で作るんですか？」

「買うよか安いしな。作るの簡単だし、手作りのほうが美味い気するだろ？」

おおっ、見かけによらず料理好きなのかしら。節約志向なのもポイントが高い。

なぜか普通に会話しているが、満には茶髪ピアスに対して若干苦手意識があった。黒森零士にブローチを返せと直談判しにいったあのときの印象をいまだ引きずっていた。このひとに意地悪されたわけではないけれど、結果的に恥をかかされたので目の前にいられるとどうしても萎縮してしまう。

ていうか、何の用だろう？　首を捻《ひね》りつつパンの耳を食べ続けていると、

「んじゃ、行くか」

いち早く弁当を食べ終えて、容器を捨てて戻ってきた茶髪ピアス先輩が誘った。

「えっと、どこへ？」

「どこって、『いて座』。さっき言ったろ？　油で揚げるって」

「え⁉　今からですか⁉　ていうか私もですか⁉」

「うえ⁉　もしかしてパンの耳もうねぇの⁉」

会話が食い違う。先輩の中では満とおやつ作りをすることはもはや決定事項であるらしい。満がまだ半分ほど残しているパンの耳を物欲しそうに見つめてきた。

胸に抱えて隠しつつ、

「たぶん購買に行けばまだ置いてあると思いますけど……」

「じゃあ急いで行こう！　うかうかしてたら全部取られちまう！」

午後の講義が始まる頃にはなくなっていることがほとんどなので確かに急いだほうがいいかもしれないけど。……私も行くの？　何で？

「ほら、急げ急げ！」

手を摑まれ立たされるとそのまま駆けだした。なんて強引な⁉　でも、強引な中にも鞄を手に取る猶予や足がもつれないよう足幅を調整する配慮まであって。第一印象が悪かっただけでこのひとからは優しい感じがした。

パンの耳を無事ゲットし、ラウンジにやってくるときにはもう歩きに変わっていた。今さら逃げるつもりもないのだが先輩は満の手を握ったままだ。零士の友人である先輩はやはり有名人らしく、見た目がチャラくてもそこそこカッコイイので、それなりに注目された。女子と手を繋いでいる姿は割と問題なのでは？　と気が気でない。

「あ、あの、先輩そろそろ、その、手を」

「先輩？　――あ、そういや自己紹介してなかったな。俺の名前は綿野勇吾。ユウゴって呼んでいいから。先輩は付けなくていい。あと、敬語もナシね。歳は一コ違いで大学二年生。教育学部に通ってる」

「はあ。あ、私は」

「ミチルだろ？　赤石満だ。調べたから知ってる。これからよろしくな、満」

「は、はい。……はい？」

ラウンジ『いて座』の正面扉を開けるタイミングでようやく手を放された。一直線に厨房へ向かう。そこにいたマスターらしきロマンスグレーは無遠慮に入ってきた勇吾を一瞥《いちべつ》しただけで何も言わず、勇吾もまた断りなく勝手に作業台を使い始めた。フライパンに油、バットにグラニュー糖を入れて用意。どこに何があるのかすべて把握しているかのような手際のよさに満は目を丸くする。

「毎日のように使わせてもらってるからな。おやつがないと零ちゃんが拗《す》ねるから」

ほれ、と雪平鍋と黒糖を手渡された。黒蜜作りは満が担当らしい。

「レイちゃん？」

「黒森零士のことだよ。あいつ、ああ見えて子供っぽいトコあるんだよ。まあでも、頼りになるからそこは心配すんな」

心配、と呟き首をかしげる。ますます意味がわからない。それではまるで黒森零士とも今後よろしく付き合っていくみたいではないか。

「聞いてるだろ？　零ちゃんから。白峰界人のこととか、怪盗のこととか」

聞いていない。それが原因で悶々としていたのだ。そしてまた、勇吾の口からまでそんな話を突きつけられたら重ねて混乱するしかない。

油をたっぷり引いたフライパンを火に掛けている作業をじっと眺める。満からなかなか返答がないことに勇吾は眉をひそめた。

「……おい。嘘だろ？　もしかして零ちゃんから何も」

「聞いてない、よ？　ていうか、黒森先輩に最後に会ったのって一週間も前のことだし。その……白峰界人に成りすましてただけで説明とかは何も」

「はあ!?　あれから一回も会ってないのかよ!?　マジかよあいつ、どんだけ子供なんだよ……」

そう言って頭を抱えた。まだまだ事情はわからないが、あの黒森零士に振り回されていると見えて満は勝手に勇吾に親近感を覚えた。

勇吾は疲れきった表情で、はあ、と深い溜め息を吐いた。

「もういいや。俺から説明する。俺と零ちゃんは【白峰界人】を名乗って怪盗をしているんだ。この前の零ちゃんと満のやり取りも見させてもらってた」

あっさり白状した。しかし、怪盗って……。実際に聞かされてもいまいちぴんとこない。お芝居の話を聞かされている気分だ。

そして、話の流れからしてやはり勇吾もグルだったわけだ。ということは、ラウンジで話をすり替えられたのもやはりわざとだったのか。前言撤回。このひともやっぱり意地悪だ。

「勇吾君ってお兄ちゃんの知り合いか何かなの？」

「お兄ちゃん？　ああ、界人のことか。友達だよ。ずっと昔からの。零ちゃんもな」

「白峰界人を名乗ってって、どうして？　お兄ちゃんも怪盗なんかやってるの？」

歳を考えたら子供っぽすぎる嫌いはあるが、お兄ちゃんらしいと言えばらしい……のか？　それに付き合う勇吾たちもどうかと思うけど。

「あー、それについては後で説明する。んで、俺らの主な活動場所はこのキャンパス内で、場合によっては学外でも行っている。理由は様々だけど、一番の目的は【白峰《しらみね》七宝《しちほう》】を見つけ出すことなんだ」

「白峰七宝?」

「満が持ってる『銀の蝶』のブローチな。あれも白峰七宝の一つ。界人のじいちゃんの宝物でさあ、紛失したんだよね。だから俺たちが代わりに探してるってわけ」

それは——。図らずも祖父の親友に辿り着いてしまい身を強張《こわば》らせた。しかも、勇吾たちも同じ目的でブローチを探していたなんて……。

「わ、私も探してたんだ! お兄ちゃんのおじいさんを! 質屋で調べてもらったら何かわかるかもと思って」

「なるほどな。質屋通いはそれが目的だったのか」

「じ、じゃあ私からブローチをすり替えたのも?」

「本当は盗まれたことを悟らせずに済ますのがベストだったんだ。俺たちが七宝を集めているって知られるわけにいかないからさ。でも、満にはあっさり見破られちまった。よっぽど大切にしていたんだな。あのブローチ」

盗んでごめんな、と改めて頭を下げられた。納得できないこともあるが、謝罪は素直に受け取っておく。

「でも、ブローチを私に返してくれたよね? いいの? 白峰さんに渡さなくて」

「ああ、それな。贋作《がんさく》だったんだよ。だから満に返した」

「が、贋作!?」

「満が持ってたのは白峰七宝じゃなかった。言いにくいんだけどさ、満のじいちゃんは悪いやつに騙されたんだ」

巾着袋を取り出し、中身を確認する。祖父の形見と、すり替えられたブランド品。ブランド品はともかく、形見のほうはやっぱり。

「……偽物だったんだ。質屋で安い値段付けられたからそんな気はしてたんだ」

肩を落とすと、勇吾がぱたぱたと手を振った。

「ああ、それは本物でも変わりねえと思うぞ。白峰七宝は一部の好事家しか存在を知らない代物だから市場価値は無いに等しいんだと。だから情報も全然出回らなくてさ、見つけるのも一苦労なんだ」

祖父が言っていたことは当たっていたらしい――表に出回ることがないから今を逃すと二度と手に入らないかもしれない。悪徳業者はその認識に付け入って偽物を売りつけた。祖父はこれを本物だと信じ、いつか親友に返すと誓ったのだ。その思いごと踏みにじられた気がして、ふつふつと怒りが湧いてきた。

「でもよ、そのブローチが満のじいちゃんの形見であることには違いねえんだからさ。大事にしてやれよな」

勇吾の言葉にはっとさせられる。そうだ。満だって考えていたことじゃないか。本物だろうと偽物だろうとここにあるこの『銀の蝶』は確かに祖父の思いを宿している。

いつか白峰さんに返すのだ。必ず。

あ、そうそう。返すといえば。

「こっちのブランド品のほうのブローチ。これ、後でちゃんと返すね。私が持ってても仕方ないもん」

身につける度胸もなければ売り払う勇気もない。持っていても負担なのでさっさと返してしまいたい。

フライパンでパチパチと油が弾け始めた。頃合と見て、勇吾がパンの耳を次々と投入していく。

「貰っとけって。ソレ、わざわざデザイナーに発注かけて作らせたんだぜ。初めからすり替え用に手配したもんだから満が持ってても誰も文句は言わねえよ」

「は⁉　つ、作らせた⁉　え、でも、だって。……私でも知ってる名前のブランドだよ？　たしか海外の……。じょ、冗談だよね？」

「冗談じゃねーんだな、これが。顔の広さが零ちゃんの最大の武器だ」

勇吾はどことなく誇らしげに零士の昔話を語った。零士は、小学生の頃はかなりの量のお稽古事をしていたらしく、習いに行った先では完璧な振る舞いをしたという。もてなしに対してどう反応すれば先方は喜ぶか。大人の受けがいいか。そういったことを熟知している子供だったとか。相手が誰であっても懐に入り込んでいける人当たりのよさが零士最大の魅力であった。

人脈の広さは長年の積み重ねだが、根底に『ひとたらし』の才能があればこそ海外の有名デザイナーさえも動かすことができるのだ、と勇吾は説明した。

ひとたらし？　つい首を捻ってしまう。確かに『宝龍館』にやってきたときの零士は外面がよく当たりも柔らかかったけれど。おかげで『宝龍館』のママも骨抜きにされたわけだが、本性を現してからは満に対してやたら冷たい印象しかない。

「零ちゃんが地を見せる相手って限られてるから。そういう意味でも満は合格」

ますます意味がわからない。私は一体何を審査されていたんだ？

勇吾が次々とパンの耳を揚げ焼きして取り出し、油を切っていく。グラニュー糖を塗したパンの耳と、グラニュー糖にきな粉を加えたものを塗したパンの耳をそれぞれの皿に積み上げていった。最後に黒蜜とケチャップの小皿を用意して、完成。

「ケチャップ？」

「アメリカンドッグっぽい味になるんだよ。甘いだけよか食が進むだろ」

「それはなんて罪作りな……っ」

あるだけ食べてしまうという悪魔の無限ループを生み出しおった！　一袋に入ったパンの耳の分量はひとりで食べるには少し多いが数人で食べるには物足りないくらいで、このときばかりは適量だったと胸を撫で下ろす。主にカロリー的な意味で。

「前置きはこんなところか。俺たちは【白峰七宝】を探していて、その一つを持っている疑いがあった満に接触した——ってのが先週のやり取りだ。で、今後のことはリーダーから直接聞いてくれ。丁度おやつも出来上がったことだしな」

リーダー——って、他にもまだ仲間がいるのか？　と身構えたが、数分後にはその正体があっさり判明した。

勇吾たちが入り浸っている『いて座』の奥にある隠し部屋に通される。

そこで待ち構えていたのは仏頂面の黒森零士だった。

＊

「よう。リーダー。連れてきたぜ」

勇吾に背中を押されて隠し部屋に足を踏み入れた。

ソファに座る零士が、ふん、と不機嫌そうに鼻を鳴らした。

「ここに部外者を連れ込むんじゃない」

「それ、零ちゃんが言う？　ここの存在をばらしたのって零ちゃんじゃん」

勇吾の言うとおり、先週零士が衝立を開けたところを見ていたので、その先には何か秘密の空間があるのだろうという予想はしていた。

予想はしていたが、まさかこんなプライベートルームが隠されていようとは。その部屋は男性の一人暮らしのワンルームといった感じで、やけに生活感があり、とても大学キャンパス内に存在していい空間ではなかった。

「零ちゃんが説明を怠るから連れて来ざるを得なかった、って考えらんねーの？　俺だってこんな手間かけさせられるとは思わなかったっつーの」

零士は勇吾に責められてむすっとしながらも、なぜか満を睨みつけてきた。……どこが人当たりのよさが最大の魅力なんだ？　そもそもどうしてこんなにも敵意をぶつけてくるのか謎である。

厨房から押してきたワゴンからパンの耳の皿を取り出しテーブルに並べ、それからティーカップに紅茶を淹《い》れていく勇吾。ほい、と満の分まで用意した。

「わざわざこうして話し合う機会を作ってやってるんだからいい加減観念しろって」

「別に頼んでいない。勇吾が勝手にやったことだろう」

「……賭けに負けておいて偉そうだな、おい」

勇吾は口許をひくつかせた。

「賭けって？」

満が訊くと、勇吾が答えた。

「『満が界人のことを覚えているかどうか』って賭け。もちろん、零ちゃんは覚えていないほうに賭けていた。言いだしっぺは零ちゃんなんだぜ？『あの女は界人のことなんか覚えているはずがない』って突然言いだしてさ。なんか面白そうだったから、俺はその逆に張ったってわけ」

「え？　え？　え？」

勇吾は何でもないことのように言うが、満には衝撃的だった。

満が白峰界人を「お兄ちゃん」と呼んだことから賭けは勇吾の勝ちのようだが。しかし、その賭けを成立させるには、ふたりが満の過去――お兄ちゃんと遊んでいたことを知っていなければならない。満でさえお兄ちゃんのことをこの間まですっかり忘れていたというのに。

「あの、もしかして私、小さい頃におふたりと会ったことってありますか？」

ふたりはお兄ちゃん――白峰界人の友達なのだから、満とも遊んだことがあってもおかしくない。

「あるぜー。つっても、十年以上も前に一度だけだけどな。わりぃけど、零ちゃんが言うまで俺も満のこと存在自体忘れてたわ」

どこで会って何をして遊んだのかとか、そういったこともまるで覚えていないらしい。

「でも、そりゃ十年以上前に一度きりだもの、存在を思い出しただけでも奇跡だと思う。零ちゃんは満のことをはっきり覚えていたんだよね。その理由を俺もぜひ聞きたいね。零ちゃん、何でか満の話題になると感情的になるし」

勇吾も同じ違和感を抱えていたようだ。やっぱり零士の剝き出しの敵意は満の勘違いではなかった。

「会ってもいないうちから文句たらたらだったよな？　事前に調べたときに人間的にヤベーやつだと知ったから出た反応なのかと思ってたけどよ、実際に会ってみた満は割と好感がもてる普通の女の子だった」

勇吾の言葉にも熱が入る。

「もしかしてだけどよー、そこに鍵があるんじゃねーの？　誘拐された界人の行方を満が知っていて隠している――零ちゃんはそう思っているんだ。そう確信する何かを見つけたんだ。そうなんだろっ？　だから満に対して悪感情を……！」

「勇吾、待て。それは違う。話が飛躍しすぎているぞ」

それまで顔を背けていた零士が待ったを掛けながら正面に向き直った。

「落ち着け。ここにはおまえを騙そうとするひとはいないんだ」

勇吾がはっとしたように口をつぐんだ。

「わ、わりぃ。……つい」

微妙な沈黙が流れる中で、満は聞き捨てならない単語に唖然《あぜん》となった。

「誘拐された？」

知らず呟いていた。

誰が？　お兄ちゃんが？　何のこと？

零士たちを窺うと、ふたりとも沈鬱とした面持ちで下を向いた。

「満、あのさ、俺たちがどうして【白峰界人】を名乗っているのかって話なんだけど」

「それについては僕の口から説明する。勇吾は少し頭を冷やせ。この話題になるとすぐに熱くなるんだから」

「……うん。ごめん」

殊勝な勇吾がどこか意外だった。そして、これまでふて腐れていたのが嘘のように零士が真剣な顔を向けた。

「こうなってしまった以上、言わないわけにいかなくなった。僕は関係者が増えるのは嫌なんだ。秘密を共有する者が増えるとその秘密に関して目配りと管理がどうしても疎《おろそ》かになってしまう。どこから秘密が漏れるかわからなくなる。勇吾は仲間は一人でも多いほうがいいって言うけど、僕は危険しかないと思っている」

「誰にも言いません」

誘拐という穏やかでない単語には、今のこの雰囲気も相俟《あいま》って、真実味があった。他言無用――そういう前置きなのだと受け取ると、零士は苦笑した。

「……ま、他人に言っても絶対信じてもらえないんだけれどね。だって、誘拐された事実さえなかったことにされているんだから」

「え?」

零士は視線を遠くに向けた。

「十一年前のことさ。当時小学六年生だった白峰界人が何者かに誘拐されたんだ」

避暑地にある別荘で夏を過ごすのは毎年の慣わしだった。

申し合わせたわけでもないのに同時期にやってくるよその家族とよく交流した。まるで年に一度の親戚同士の集まりのように和気あいあいと互いに近況を報告しあう。

主人たちは仕事の話題で意見を交わし、奥方たちは趣味の話で盛り上がり、そして子供たちはひと夏の冒険に繰り出した。

「幼馴染《おさななじ》みだけど、僕たちは住まいが近所でもなければ同じ学校に通っていたわけでもない。バカンスの滞在先で知り合った、夏季限定の友人だったんだ」

連絡先は交換しているし、ほとんど都内に住んでいたので会おうと思えばいつでも会えた。しかし、子供たちはあえて連絡を取り合わなかった。夏休みに、日常からかけ離れた土地でのみ交流できる仲間たち。その特別感に強い絆《きずな》を感じていたからだ。

みんなで秘密基地を作った。そこは小さなログハウス。おそらく管理組合の共用物置だったのだろう。誰かが合い鍵を作って共有し、夏の間占拠した。

朝起きて秘密基地に集合し、親の目を盗んで持ち出したお菓子を広げてティーパーティー。あるときは林の中で採った虫を戦わせたり、またあるときは湖に漕《こ》ぎ出《だ》しヌシを釣ろうと躍起になったり。

思い出が増えていく。楽しいことばかりの夏が続く。

「でも、あの日、秘密基地に大人が乱暴に押し入ってきた。何人だったか定かじゃない。僕たちは恐くて、恐くて、逃げるのに必死だった。まるで嵐のようだった。秘密基地はめちゃくちゃにされて、僕たちはあまりの恐怖に泣いていたんだ」

零士は淡々と話している。だが、その目は当時の絶望的な状況を映し込んでいるかのように虚《うつ》ろだった。

「界人はそいつらに連れ去られた」

ごくり、と喉が鳴った。

「僕たちは親や警察に訴えた。界人がさらわれた、誘拐されたと。そしたら空恐ろしいことが起きた。大人たちは口を揃えてこう言うんだよ——白峰界人って誰？　って。僕たちの親は界人に会ったことがあるはずなのにそんな子は知らないと言い始め、警察には何を訴えても相手にしてもらえなかった。界人のことをいないものとして扱った」

傍らで勇吾が身震いした。その恐怖はいまだに薄れていないのだ。

「界人はその存在ごと世界から消されてしまった。戸籍も記録も何もかも。こんなことってあるのか？　僕たちが一緒に遊んでいたあの子供は、じゃあ幻だったとでも言うのか？　……でも、僕たちは覚えている。あの秘密基地にいたメンバーだけが界人の存在を知っている。界人は僕たちのリーダーで、僕たちの恩人だったんだ。僕たちは誓い合った。いつの日か、僕たちの手で界人を見つけ出そうって」

拳を握る。陶磁器のような白い肌に赤みがさす。そこに零士の決意の固さを見た。

ああ、そうだったのか。満は視線を落とした。

いつしかお兄ちゃんとの交流はなくなっていた。私の世界からまるで空気のように

ふっと消えていなくなっていた。それは思い過ごしなんかじゃなかったんだ。

沈黙が下りる。生温《なまぬる》い風が肌の表面をなぞっていく。ざわざわと。これは怖気《おぞけ》だ。

「界人のことを知っている人間は稀《まれ》なんだ。だから、界人をお兄ちゃんと呼ぶ君を知

って勇吾は舞い上がった」

「別に舞い上がったわけじゃ」

「いや、それは僕も一緒なんだ。まあ、僕の場合うれしさよりも疑惑のほうが膨れ上

がってしまうのだけど」

そう言って改めて満を見た。……やはりその目に親しみめいたものはない。

「これまでにも界人を覚えているひとは少なからずいた。界人が通っていた学校の同

級生とかね。でも、思い出があるだけでそれ以上のことは何も知らなかった。調べて

も調べても出てくるのは底の浅い情報ばかり。逆に、界人を探している僕たちの存在

を悟られてしまうんじゃないかと恐くなった」

「悟られる？　誰にですか？」

「さあ。誘拐犯かな。あるいは、界人の存在を認めないこの世界そのものと言っていいかもしれない」

相手は子供を連れ去り、存在自体を抹消してしまえるほどの巨大な何かだ。どこに敵が潜んでいて誰が味方かもわからない。その上、大人は非協力的——いや、誘拐された子供を覚えていないとさえ言うのだ。幼い零士たちが怖気《おじけ》づくのも無理はない。

「でも、僕たちはもう大人だ。それぞれ立場を利用していろいろな世界を見てきた。今なら、もしかしたら、界人を見つけ出せるんじゃないか。あの誘拐の真相を暴くことができるんじゃないか。そう思った。その自信がある」

「だから俺たちは怪盗【白峰界人】を結成したってわけだ。この名前を知らしめて誘拐に係わった犯人たちを炙《あぶ》り出《だ》すためにな」

零士が試すように満を見た。

「話を聞いたからには協力してもらう、なんてことは言わない。さっきも言ったように僕は仲間は少ないほうがいいと思っている。君は祖父の形見を取り戻した。僕たちも知りたい情報を手に入れた。これ以上この件に係わる必要はもうないよ」

零士の声音は優しく、突き放すというよりは諭すものであった。元々、勇吾との賭けに負けたから渋々説明しただけで、言葉どおり満にはなんら期待していない。

「私は……」

お兄ちゃんの顔は思い出せないし、つい最近まで名前さえ忘れていた。いなくなった喪失感は幼い頃にはもっていたのかもしれないが、今となっては事実かどうかもわからない不確かな思い出しか気持ちの拠《よ》り所《どころ》がない。つまり、自分がどうしたいのか一向に見えてこなかった。

誘拐のことにしたってにわかには信じがたかった。

でも、一つだけはっきりさせたいことがある。

「おじいちゃんの形見のブローチが偽物だったって聞きました。本物を探しているんですよね？」

「そうだ。『銀の蝶』――あれは【白峰七宝】と呼ばれている、七種の宝物で構成された白峰家の家宝の一つなんだ。七宝は界人が誘拐された前後に紛失している。おそらく、犯人は七宝を手に入れるために界人を誘拐したんだろう。身代金《みのしろきん》代わりにね」

満は絶句した。あのブローチにそんな背景があったなんて。

「七宝を追うことで誘拐の真実に辿り着くと考えた僕たちは、優先的に【白峰七宝】を探している」

そういうことだったのか。

なら、話は簡単だ。

「協力します。お兄ちゃんのことはわからないけど、本物のブローチは私も見つけたい。きちんと白峰さんに返したい。それがおじいちゃんの未練でもあったから」

「……僕たちは怪盗だ。君も怪盗をやることになる。それはわかってる？」

「え⁉　いえ、それは……よくわかっていないかもしれないけど」

引っ掛かるのはそこだ。どうして怪盗なんだろう。ほかに遣《や》り様《よう》ならいくらでもありそうなのに。

まあまあ、と勇吾が場を和ますように取り成した。

「満には一度俺たちの活動に参加してもらって、それから決めたらいいんじゃね？　協力するったって何をすりゃいいかわかんないだろうし」

「おい、本気か？」

「賭けに勝ったのは俺だぜ、零ちゃん」

その一言で零士は押し黙る。——あれ？　そういえば、何を賭けていたかは聞いていない。てっきり説明責任みたいなものだと勝手に考えていたけれど。

「おふたりは何を賭けていたんですか？」

「満を仲間にするか否か。俺が勝ったから満を仲間にすることにしたんだ」

「……それ、私の意志が入っていないよね？」

「だからさ、満には猶予をやるっつってんの。零ちゃんにもな。お互い納得して仲間になってくれるんなら言うことねえよ」

零士と目が合う。零士は心底嫌そうな顔をしながら溜め息を吐いた。

ぎくしゃくしつつもせっかくだからとお茶会を開始した。

勇吾が淹れてくれた紅茶と揚げたてのパンの耳はすっかり冷めてしまっていた。

*

零士たちの活動になし崩しに参加することになってしまったが、ところでこれって犯罪の片棒を担ぐってことじゃないの？　だってあのひとたちは怪盗なんだし。

「ひとの物を盗むの？」

そんなことのお手伝いなんてまっぴらゴメンである。

「その辺も含めて見てくれればいい。あと、零ちゃんのこともさ」

零士に不信感をもっていることを見抜かれていた。零士とうまく付き合っていけるかどうかも判断材料の一つだ。

数日後、勇吾から連絡があり、満は再びラウンジにあるアジトにやってきた。アジトという呼称は零士たちが使っていたのでそれに倣っている。子供っぽいなあ、と思わなくもないけれど、男のひとはいくつになってもそういうものが好きなのだ。

その日は【盗みの心得】に書き込んだ依頼人との面談の日だった。

「依頼された盗みはもう済んでいる。今日はその後の顛末《てんまつ》を聞くために呼び出したんだ。零ちゃんが対応しているのを後ろで聞いてるだけでも参考になんだろ」

勇吾にそう言って送り出され、零士とふたりで衝立の前までやってきた。

衝立の向こうからドアが開く音、そしてひとが現れる気配が伝わってきた。

「お久しぶりです。葛西さん」

ガタッと椅子を蹴る音が鳴る。至近距離から声を掛けられると二度目であっても驚くようだ。そして、背後にいる満もまた思わず声を上げそうになり、咄嗟に口許を押さえつけた。猛然と振り返った零士にすごい目つきで睨まれたが、たぶんセーフだ。

零士の声が別人に変わったのである。ボイスチェンジャーを使用せず、あくまで地声で渋い声を作り上げていた。後から聞いた話だと、コツは腹式呼吸と喉仏の使い方にあるらしい。抑揚の付け方にもテクニックがあり、普段の喋り方を意識して変えるだけでまったくの別人みたいになるというのだ。

「ど、どうも。白峰……さん。先日はありがとうございました」

葛西と呼ばれたそのひとは男性で、緊張しているのだろう硬い声で礼を述べた。

「ご要望にはお応えできただろうか？」

「は、はい！　おかげさまで親父《おやじ》にぎゃふんと言わせることができました。あんなにへこんだ親父を見るのは生まれて初めてです。すっげえスカッとした！」

葛西は満と同じ一年生だが二浪しているため今年で二十一になる。本当は別の進路を志望していたのだが父親の命令でこの大学を受験し続けた。今年ついに合格したものの父親はあっさり興味を失くし葛西に対して褒め言葉の一つも掛けることはなかった。——合格できて当たり前。むしろ、息子が二浪したことを恥ずかしく感じている節さえあった。葛西はそれが許せなかった。

「あいつが趣味で集めてる美術品をそっくり盗まれたらあいつはどんな顔をするだろうって、そればかり考えるようになった。この大学に来てよかったと思えたのはあんたがいたことだけだ」

暗い悦《よろこ》びを吐露する葛西に満はぞっとした。「喜んでもらえて何よりだ」と零士は冷静に受け答えた。

「あの、訊いてもいいですか？　どうやってうちの倉庫から美術品を盗み出したんだ？　俺もそのとき家にいたのにまったく気づかなかった」

「大したことではないよ。事前に打ち合わせしたとおり、君には庭でバーベキューパーティーを開いてもらったね。あの場に集まったゲストは皆【白峰界人】の協力者さ。過去に私に盗みを依頼した者たちだ。以来、この私に恩義を感じていてね。各々、私の指令を忠実にこなしてくれた」

「あいつらは異様だったよ。初対面の俺に対して十年来の友達かってくらい馴《な》れ馴《な》れしく接してきて、ひとんちなのに遠慮なくどんちゃん騒ぎをおっ始めてさ。まあ、そのおかげで親父は書斎に引きこもったんだけど」

「見知らぬ人間が家の中に上がり込んでも不審に思われない環境を生み出すことが目的だった。そして、君から聞いていたクルマのキーホルダーを手に入れ、倉庫の鍵を開ける。倉庫から美術品を運び出し、動員した協力者に敷地の外までバケツリレーさせる。物音を気にする必要がなかったのでね、急がせたら十分ほどで運び出しは完了した。あとは外で梱包《こんぽう》し、三台のトラックに分けて積み込み、別々の場所に運ばせる。同時に協力者も解散させ、キーホルダーもさりげなくリビングに戻しておく。私かい？　私は指示をしただけで現場には行っていないよ」

「そ、それじゃあ盗んだのはあんたじゃなくてただの素人だったってのか!?」

「そうなるな。皆、ターゲットが誰で何を盗み出したのかよくわかっていなかったはずだよ。しかし、一人に多くを指示するより大勢に作業を分担させたほうがミスは起きにくくなるし、物を盗んでいるという感覚も鈍る。ひとが多いことで緊張感も薄まる。皆、演劇でもするかのように楽しんでやっていた。だからこそ成功したのだ」

もちろん、現場に零士や勇吾が行っていないわけがなく、美術品を運び出したのは主にこのふたりで、敷地外で指揮を取っていたのもほかの中心メンバーだった。

【白峰界人】は個ではなく群の怪盗。

決してその正体を掴ませない。

満はぶるりと身を震わせた。

「……っ!」

「な、なんつー大胆な……」

葛西も呆気に取られていた。そこへ、「君にもいずれ協力を要請することがあるかもしれない。断ってくれてもいいが期待しているよ」と被《かぶ》せた。衝立の向こうで葛西が曖昧に笑った。

「お父上はどういう反応をしていたのかな?」

「泥棒に入られたショックで怯えていたよ。いい気味だ！」

「警察には通報しなかったのかい？」

「しなかったんじゃねえの？　警察が来た様子もなかったし。たぶん親父のやつ、美術品をヤミ献金で購入してたってことが世間にバレるのが恐かったんだ」

ヤミ献金？　と、首をかしげたのは事情を知らない満だけで、零士は「そうか」とだけ答えた。

受け渡し窓が開く。葛西の側に黒色のトレーが差し入れられる。トレーの上には折り畳まれたメモ用紙と鍵が載っていた。

「これは？」

「盗んだ美術品を収納した貸し倉庫の鍵だ。紙にはその住所が書いてある。君には不要な物かもしれないが、引き渡さないことには君からの依頼は達成されない。もしも処分に困るというならこちらで引き取るが、どうする？」

「……売れば金になるよな。少し考えさせてもらっていいか？」

「もちろんだとも。気が変わってお父上に返したとしても私は一向に構わないよ。ただし、私のことは他言無用だ」

「わかっているよ。……あんたを敵に回すのが一番恐い」

聞くべきことを聞けたらしく、零士は面談を終えた。

葛西は立ち去る直前、ずっと疑問に思っていたことを口にした。

「な、なあ。本当にタダでいいのか？　すげえ額の依頼料を請求されるんじゃないかって今もびくびくしてんだけど」

「お金はいらない。君は私の名前を覚えておいてくれればそれでいい」

「名前を？」

「忘れないでほしい。【白峰界人】はここにいる」


零士たちが通っている大学は学閥として有名であり、政官財の各界で広く網が張られている。そして、彼らの子息らもまた同大学に進学させられることが多く、必然的に世襲的な権力構造が出来上がっていた。歴代のＯＢからは薫陶を、次世代を担う若者からは感受性を、相互にフィードバックしあって学閥は時代ごとに進化する。

世代ごとに吸い上げられた知識と経験は余すことなく学閥全体で共有される。故に、どのような些細《ささい》な情報も学閥の中であれば誰の目にも触れる機会を得る。学閥の優れた点はここにある。たとえば企業が欲する人材を探し出したり、あるいは余剰のスキルを活用する場所を提供してくれたりと、ニーズにあった最適解を自動的に引き合わせてくれるのだ。

あたかもそれはＡＩのように。学閥はもはや制御の利かない一個の生物と化しており、互助的ながらも雁字《がんじ》がらめに所属する人間を繋ぎ合わせていた。そして、このシステムを逆手に取ればとある情報をエサにして特定の人物を釣り上げることもまた可能であった。凹凸を均《なら》すように。欠けていたものを補うように。空白の真実を炙り出す。

「怪盗【白峰界人】の名前を知らしめて界人の誘拐に加担した人間を炙り出す。これが僕たちの目的だ」

そしてまた、満のような界人を知る人物を偶然見つけ出すことも期待できる。

「義賊であろうはずがない。僕たちは私利私欲のために動いている」

アジトに戻り零士が厳かに語った怪盗【白峰界人】の目論見《もくろみ》に、満は改めておののいた。界人を消したこの世界の正体は依然として謎のままだが、考えうる背景には漏れなく政官財の思惑が絡んでくるという。一介の学生には荷が重すぎる話であった。

脅しでも何でもなく、身の危険が伴った。

「どうする？　引き返すなら今だよ」

零士に問われ、満は赤ジャージの胸元をギュッと掴んだ。

恐ろしい……。けれど、なんだろう。この湧き上がる感覚は。

葛西に盗みの種明かしをしていたときにも感じたあの高揚感は。

「おい、零ちゃん。あんまり満を脅かすなよ。そういうやり方は卑怯だぞ。まだ始まってもいないのに」

「始めたらそれこそ後戻りできなくなるだろ。ここで手を引かせるのも親切心だと思うけどね」

言い争うふたりに満は答えた。

「やらせてください。私、なんていうかこう、うまく言えないけれど、やってみたいって思っているんです」

「やってみたいだって？」

「はい。その、――ブローチを見つけたいってそう思って」

嘘ではない。おじいちゃんの念願を果たしてあげたい気持ちも確かにある。しかし、口にした瞬間、胸の奥がちくりと痛んだ。

「満もこう言っているんだしさ、予定どおりにやらせてみようぜ。な？」

「ふん」

勇吾が取り持つと、零士は渋々引き下がった。

心臓がずっとドキドキいっている。

口許が緩んでしまうのはなぜだろう。

＊

七月。夏もいよいよ勢いを増し、太陽がギラギラと大地を焼く。

それでも長袖を着用するのは日焼け防止と紫外線対策のためだ。いつもの赤ジャージでこそないが、高校時代から着回しているフード付きラッシュガードを羽織って今日も今日とて自転車を漕いでいく。ラッシュガードまで赤色だったのは偶々だ。

満のバイト歴は長い。大学受験が終わった翌日からすでに日雇いを始めていたし、それ以前にも祖父に内緒で商店街の知り合いのお店でこっそり働かせてもらったこともある。ジャンルは幅広く、未知の業種には積極的に飛び込んでいた。

そんな満に黒森零士が短期のアルバイトを紹介してきたのはついさっきのことである。アジトに呼び出されて来てみれば、開口一番、

「派遣バイトに申し込んでおいたから午前の講義が終わったら向かってほしい。稼いだお金は余さず僕に渡すように」

清々《すがすが》しいほどの暴君ぶりを見せつけた。

「……私が働いて、お金は先輩が貰うんですか？　何を言っているんでしょうか？」

今までで一番意味がわかりません。

零士は鞄から札束を抜き身で取り出し、テーブルの上に重ねた。

「三百万ある。これで君が抱えている借金を返済してくるんだ」

「さん……!?」

百万円の札束。たぶん初めて見た。それが三つも重なって。ま、まぶしい！

――ん？　でも、これで借金を返す？　何で？

「勘違いしないように。債権者が僕に移るだけで君が背負った借金はそのままだ。これからは僕に返済するように」

「ど、どういうことですか？」

「……今はまだ仮だけど、君は【白峰界人】の一員になったんだ。これからは僕たちとともに活動していくことになる。だが、君が借金を抱えたままなのは問題だ。これ以上バイトを増やされたりお金の悩みで活動に身が入らなかったりされても困る。ひとまずコレで街金から借りている分を帳消しにして、今後は僕に返済するように。利子は取らないからその分楽になるだろうし、君にとっても悪い話じゃないだろ？」

ごくり、と生唾を飲み込む。確かにその条件であればかなり楽になる。実際のところ、毎月利子を支払うのに精一杯で元本の返済に届かないこともあったから。

「でも、それだとアルバイトは増やせないんですよね？」

債権者が替わるだけなので働いて返すことに変わりはない。稼がないといけないのはこれからも同じはずだ。

「中華のお店に関しては継続してもらって構わないけど、それ以外の仕事はこれからは僕が斡旋《あっせん》する。一般には出回っていない割のいいバイトをね。借金の返済はその都度でいい。で、今から行ってもらうところがその初回だ」

だから、稼いだお金は余さず渡すように、となるわけか。

「な、なるほど。…………」

そのとき脳裏に過《よぎ》った想像は口にするのが憚《はばか》られた。

「心配しなくても大丈夫だよ。いかがわしいお店で働かせたりしないから」

「え⁉　あ、あはは、べ、別にそういうことを気にしていたわけじゃ」

すごい。

何でわかったんだろう。

「とにかくこれは渡しておく。受け取らないならこのまま帰ってくれていい」

「……わかりました。その、ありがとうございます。三百万円お借りします」

満は恐る恐る札束を受け取った。三百万円。いくら零士の家がお金持ちだからって、学生の身分でそう簡単に扱える金額ではないはずだ。こうして現金で用意したということは、零士は『本気』なのだ。事前に相談されていたなら絶対に断っていたけれど、本気の信念を見せつけられてはこちらも本気でぶつからなければ罰が当たる。

零士は満がお金を仕舞うのを見届けると、プリントアウトした地図を差し出した。マーカーで色付けされた住所はここから自転車で三十分ほどの場所である。

「先方とは話が付いている。君がこれから行う仕事は通販会社の物品管理係だ」

汗だくになりながら指定された住所に辿り着く。そこは古びた雑居ビルだった。

＊

ネット通販会社『エヌクラス』の作業場は広々としているがやけに埃《ほこり》っぽく、採光窓が少ないので全体的に薄暗い。ドアのない続き間の事務室は六畳ほどの小さな空間で、切れかかっているのか蛍光灯が偶《たま》に明滅していてこちらも辛気臭い。

箱から商品を出して撮影場所にセッティングし、写真に撮って画像データをパソコンに転送する。ここまでが満の主な仕事だ。受け取ったデータに詳細を加えてホームページにアップしていくのは社長の米山《よねやま》の仕事である。

従業員は満を除けば米山ただ一人だけだった。肩書きこそ社長だが、おそらく社員は米山しかいない個人経営なのだろう。

単純作業で自然と手は早くなる。予定していた終了時間より一時間も早く全部のタスクが片付いた。作業場いっぱいに積み上がっていた商品の箱もすべて分類分けされてキレイに部屋の隅にまとめられた。

「いやあ、助かった助かった！　ありがとね、赤石さん！」

イエーイ、とハイタッチを求められたので喜んで応じる。ずっと共同作業をしていたからか、やり切ったときには奇妙な一体感を覚えた。

「んじゃまあ、ちょっと早いけど赤石さんは上がっていいよ。ほんと、ありがとね」

そう言うと、米山は事務室に戻り起動中のノートパソコンに向き直った。これまでの作業は商品を陳列棚に並べただけにすぎない。本当の商売はこれから始まる。

お疲れさん、と言った米山に疲れた様子はない。歳は三十代後半くらいだそうだがオジサンという感じは全然なくて、バイタリティーに溢れ学生よりもむしろ溌剌《はつらつ》として見えた。仕事が楽しくて仕方ないといった感じだ。

「あの、ちょっと訊いていいですか？」

「なに？」

米山がキーボードをタイプする手を止めて顔を上げた。

「どうしてこのお仕事をしているんですか？」

なんとなく訊いてみたくなった。何かを始めるときはきっかけがあるはずだ。しかし、通販会社をやろうと決心するきっかけというものが満には思いつかなかった。満の思考には存在しない選択肢であるし、通販会社に限らず将来したい仕事というのは一体いつ見つかるのだろうかと少しだけ疑問に思った。

「赤石さんってまだ大学一年でしょ？　将来見据えてんだ。しっかりしてるわ」

思いつきで訊ねただけなので、そこまで持ち上げられるところそばゆかった。

米山は苦笑した。

「がっかりさせるかもしんないけど、仕事って偶々の積み重ねなんだよ。偶々そういう話があって、偶々環境が整っていて——で、気づいたら始めてた。みたいな？」

「その割にはなんだか楽しそう」

「楽しいよ？　たぶんさ、世の中って大体そういうふうにできてるんだよ。やりたい職業やなりたい自分になれたやつってほとんどいないと思うんだ。でも、やってみたら案外楽しいってのはあって、みんなそこで初めて気づくんだよ。ああ、この仕事に就けてよかったなあって」

もちろん、そうでないひともたくさんいるのだろうけど。偶々の積み重ねは、運命が人間を篩《ふるい》に掛ける行為のように思えた。下手に抗《あらが》わず感性の赴くまま飛び込んだ先にそのひとの天職があるのかもしれない。

「だからさ、赤石さんもこれからいろいろあるかもしんないけど大丈夫だから。なんだかんだ自分に合ったレールの上を走ってるもんよ。人生なんてそんなもんだ」

将来なりたいものが具体的に思いつかなかったので正直この話は胸にきた。

「じゃあ、気をつけてお帰り。明日もよろしくね」

「はい！　お疲れさまでした！」

出入り口は作業場の後方にある。米山は事務室から出ることなく満を見送った。

外はすっかり暗くなっていた。雑居ビル前に停めた自転車の前カゴに鞄を入れる。

「あれ？」

視線を感じて振り返る。道路上にいた誰かが、満が視線を向けたと同時に慌てて向かいの路地の暗がりの中に消えていった。

どこか不気味なものを感じ、満は自転車に跨《また》がると勢いよくペダルを漕ぎだした。

*

翌日、アジトに呼び出された。

「遅い」

「……すみません」

黒森零士は相変わらずむすっとしている。どうしていつも怒っているのかわからなかった。その分、相棒の勇吾がにやにやと愉快そうに笑っている。

「零ちゃんさー、姑《しゅうとめ》みたいな意地悪やめろよな」

「誰が姑だ」

「とかいって、自覚してねーわけねーよな。ま、怒ってる理由はあえて訊かないでおいてやるよ。けど、自分で呼び出しておいてその態度もどうかと思うぜ？」

勇吾に諫《いさ》められて零士は顔を渋くする。こういうやり取りを見ていると、零士と勇吾が互いに気の置けない仲なのだということがわかる。

「気にすんなよ、満。前にも言ったろ、零ちゃんは子供っぽいんだ」

「おい。僕の何を話したって？」

勇吾の胸ぐらを摑んだ。勇吾は明後日《あさって》のほうを向いて舌を出している。

「子供っぽい……」

今の零士の態度も相俟って、その表現はかなりしっくりきた。勇吾のほうが零士よりも年下なのに、勇吾はいつもお菓子を作ったりお茶を淹れたりしてまるで生意気な子供をあしらうみたいに寛容なのだった。

なるほど。零士にはそういう対応がやりやすいということか。

「赤石君、勇吾が何を話したのか知らないけれど真に受けるなよ」

「あ、もう大丈夫です。気にしないことにしましたから」

どんと大きく構える。零士にどんな悪態を吐かれても今後は子供の戯言《たわごと》だと思って受け流そうと決めた。

満の言葉に呆気に取られたのは零士だけで、勇吾はくつくつと笑った。

「そうそう。零ちゃんと付き合っていくならそれくらい図太くなきゃな。やっぱ俺たちの仲間に向いてるよ、満は」

「勇吾、あとで覚えてろよ」

零士はこめかみをぴくぴく震わせていた。美しい顔がちょっと台無しだった。

勇吾の胸ぐらを乱暴に放すと、ソファにどかりと座りなおした。

「昨日のアルバイトのことについてだ。行ってみた感想はどうだった？」

「そうですねー。商品並べて写真を撮って、加工した画像をホームページにアップして……を繰り返すだけで、そんなに大変じゃなかったです。ネット通販のお仕事って全部が全部おんなじかどうか知りませんけど、案外地味なんだなあって印象です」

「商品ってそんなに多いのか？」

勇吾が横から訊いてきた。

「うん。ブランド物のバッグとか財布とかそういった小物が入った段ボール箱が壁際にずらっと、天井近くまで積み上がってて。それ全部中身取り出して撮影していって。昨日だけで二百個くらいやっつけたかな。今日も同じくらい入るって言われた」

「そら面倒くさそうだな。満ひとりでやったのか？」

「ううん、社長さんとふたりで流れ作業。毎日新しい商品が送られてくるからアルバイトを雇うのも引っ切りなしなんだって」

「そう。困ったことはない？　社長が厳しいとか恐いとか」

今度は零士が訊いた。

「今のところ特には。社長さんもいいひとでしたし、アットホームな職場です」

「そうか。じゃあ、――今日辺り仕掛けてみるか」

零士の目が鈍く光った気がした。

「仕掛ける？ 何をですか？」

「いろいろさ。そして、仕掛けるのは赤石君だよ」

「はい？」

「訊かれなかったから答えなかったけれど、あそこの時給は千円だ。話を聞くかぎりそれほど悪い労働環境じゃなさそうだけど、短時間のバイトだからあまり稼げないよね。三百万の借金を返すにはちまちましすぎていると思わない？」

確かに、黒森零士が斡旋した仕事にしては安すぎる。そんなの情報誌を開けばすぐに見つかるレベルだ。これでは借金の返済がいつまで経《た》っても終わらない。

「じゃあ、どうしてそんな場所に私を？」

「実を言うと、『エヌクラス』は違法商品を取り扱っている闇サイトでね」

きょとんとする。零士は無視して淡々と続けた。

「主に中国で製造された偽ブランド品を本物よりも安価で売っている。君がせっせと撮った宣材写真はそのためのものだ。偽物でもいい、周囲にバレなきゃ気にしない、っていうユーザーも多いし、転売目的で買うやつもいて売上を伸ばしている」

「零ちゃんトコの『リヴオク!』にもそれらスーパーコピー品が出品されてるよな」

「『リヴオク!』! 知ってる! よくテレビCMで見かけますよそれ!」

国内最大級の人気と登録者数を誇るネットオークション・フリマアプリ『リヴオク!』は黒森家が創業した会社『ウッズリヴ』が運営している。若者においては外すことのできないオンラインプラットフォームの一つである。

「詐欺の温床みたいな報道されたこともあったよな」

勇吾の指摘に、零士は思わず舌打ちした。

「僕も関わっている事業だし、いい迷惑だよ。商標の無断使用、ブランドイメージの悪化、何より正規品の売上が落ちるんだから、ブランド企業からしても堪ったものじゃない。社長の米山はそんな商売をしている悪徳業者だ」

そもそも「N級《エヌクラス》」とは「最高品質の模倣品」を表す隠語であるのだとか。

ひとの好《よ》さそうな米山がまさか犯罪者だったとは。満はめまいがした。

衝撃の事実はさらに続く。

「そして米山は」

満の目を見て、一拍置いてから言った。

「赤石君のおじいさんに『銀の蝶』の贋作を売りつけた張本人だ」

＊

作業場で昨日と同じように商品の写真を撮っていく。これが詐欺の片棒を担ぐ行為だと思うと手が震えるが、社長の米山に気取られてはならない。

「あくそ、気になるな！」

事務室で仕事をしていた米山が苛立たしげに天井を見上げた。蛍光灯の一本がチカチカと激しく明滅している。パソコン作業なので照明は特に気になるようだ。

奥の棚を漁り予備の蛍光灯を取り出す。事務室の電気を消し、脚立を用意し始めたので、満は慌てて駆け寄った。

「私、押さえておきますね」

「お、サンキュー！　気が利くねーっ！　やっぱ赤石さんは優秀だわ！」

「いえ、これくらい誰でもできますって」

「そんなことないよー。うちに来るバイトはろくでもないやつばっかでさ。ここまで気ぃ回らないよー。あいつら全員に赤石さんの爪の垢《あか》を煎じて飲ませたいわ！」

「あははは」

無理にでも愛想笑いを浮かべる。やっぱりひとの好いおじさんにしか見えない。

おじいちゃんを騙したひととはどうしても思えなかった。

いや、違う。駄目だ。切り替えるんだ。何のためにここに潜入したと思っている。

アジトで聞かされた話を思い出せ。

まだ話していなかったね、と零士は満を『エヌクラス』に送り込んだ理由を説明した。

「以前、君から拝借したおじいさんの形見だが、鑑定に出した結果、『銀の蝶』の贋作だと判明した。でも、何の発見もなかったわけじゃない。贋作には大きな手掛かりがあった。翅の部分の銀線模様。かなり特徴的だろう？」

黙って頷く。その翅の模様が決め手となって零士のすり替えに気づけたのだ。

「あれは製作者のクセらしくて、似たような模様を好んで駆使する銀細工職人がいることがまもなく発覚した。僕たちはそのひとにコンタクトを取り、ブローチの写真を見せた。そしたら、自分が造ったものだとあっさり認めた。一年前に、ある男から『本物とそっくりに造ってほしい』と頼まれたんだそうだ」

「そのある男っていうのが……」

「米山だ。今も本物の『銀の蝶』を所持している……はずだよ。僕たちの目的は『銀の蝶』の奪還と、『銀の蝶』をどこで入手したのかを明らかにすることなんだ」

「そんで、米山にもう一歩近づきたくて満をバイトとして潜入させたってわけ」

勇吾が横から何でもないことのように言ったので、思わず仰《の》け反《ぞ》った。

「わ、私がおじいちゃんの孫だって気づかれてたらどうするんですか⁉」

「そうなりゃ願ったり叶ったりだ。自分が売人だったたって白状するようなもんだ」

う、確かに……。勇吾の言うとおりこれほど手っ取り早いことはない。

「ま、赤石なんて苗字《みようじ》はそれほど珍しくないし、結局空振りに終わったわけだが」

「そんな残念そうに言わなくても……」

「一応言っておくが、僕だって君に対してそこまで鬼じゃないぞ。君は気づいていなかったかもしれないけど、昨夜は僕と勇吾で交替しながら事務所の前を張っていたんだ。米山を見張るついでに、あくまでついでに、君の護衛も兼ねてね」

はあ、と気の抜けた相槌を打つ。そこまで「ついで」を強調しなくてもいいのに。

そういえば、バイト終わりに事務所前で誰かに見られた気がしたんだった。あれは零士か勇吾のどちらかだったわけだ。……なんとなく零士のような気がする。満にバレそうになって慌てて狭い路地に逃げていく様は零士のほうがしっくりくる。

「……何を笑っているんだ？」

「い、いえ、何でも！」

満の含み笑いに眉根を寄せるものの、零士は話を続けた。

「米山を調べ尽くすにはまだ時間が掛かりそうなんだ。そこで、赤石君にも米山にカマを掛けてもらいたい。今も『銀の蝶』が米山の手許にあるのかどうかを探るんだ」

「カマ、ですか？　えっと、どんなふうに？」

「無理はしなくていい。あくまで自然な流れの中で、こう言うんだ――」

「そうそう。うちの大学におかしな七不思議があるんですよ。怪盗が出没するっていう」

「怪盗？　何だいそりゃ？」

蛍光灯を外しながら、米山が訊いた。

「さあ。名前は【白峰界人】っていうんですけど。おかしいですよね。怪盗だなんて、そんな七不思議聞いたことないですもん！」

白峰界人の名前を出して反応を見る。界人の名前を知らなくても【白峰】には何らかの反応を示すかもしれない。

米山を見上げようとしたとき、すっ、と目の前に取り外した蛍光灯が突き出された。

「机の上のやつ取って」

「あ、はい」

予備の蛍光灯を差し出す。米山は受け取ると再び腰を浮かせた。

「で、その七不思議がどうしたの？」

「あ、いえ、さっき学校で聞いたものので。……変な話だなあと思ったものですから」

「はっはっは。あるある。俺が学生の頃もわけわからん噂話が流行ってたよ！」

単なる雑談として受け流されてしまった。蛍光灯の交換が終わり脚立から下りた米山は「じゃあ、作業の続きよろしくね」と仕事に戻った。

動揺は最後まで見られなかった。

「あ、その蛍光灯、帰りに下のゴミ捨て場に捨てていってもらえる？　悪いね！」

米山はひとの好いおじさんだ。

その仮面を外すことが容易でないことを思い知った。

＊

それからも何度となくカマを掛けてみたが何の成果も得られず、ついにアルバイトの最終日を迎えた。派遣期間が延長されることはない。おそらく短期でバイトを入れ替えることで詐欺行為の発覚を予防しているのだろう。

米山は続き間にある事務室の中にバイトを立ち入らせようとしない。そう命令したわけではないが、入り口付近に塞ぐようにして置かれた事務机が入室の高いハードルになっていた。また、米山との会話が敷居《しきい》越しでも十分に成立するのでそもそも立ち入る必要がなく、意図的にそういう配置にしているのかもしれない、と零士は分析していた。

泣いても笑っても最終日。事務室を家捜しするには今日がラストチャンスである。

「君にそこまで期待していないよ。手を出して」

「？　何ですか、これ？」

長方形の薄い板のような物を渡される。指で摘まめるくらいに小さい。

「盗聴器だ。隙を見て事務机のどこかに貼り付けてくれないか？」

「ぇ――、ええ⁉　これって完全に犯罪じゃ……」

「家捜ししようとしたやつが何を言う」

「うぐ」

「とはいえ、たぶんそれ物の役にも立たないよ。僕の見立てではあの場で白峰の名前が出ることはないだろう。『銀の蝶』も別の場所に隠されていると思う」

「じゃあ何で」

「保険かな。せっかく潜入できたんだ。それくらいは仕掛けておきたい」

「わかりました」

盗聴器を握り込む。満にできる最後のミッションである。


ビルの入り口で米山と鉢合わせした。

「あれ？　赤石さん早いねえ。まだ十分前だよ？」

「……いつも十分前には着いてましたけど」

というか、それが普通なのでは？

「そうだっけ？　ほかのバイトの子たちは遅れてくるのが当たり前だったからなあ」

米山は首を捻った。どれだけちゃらんぽらんなバイトばかり雇っているのだろう。

「それで、社長はどちらへ？」

「ああ、駅前のATMまで。ちょっとお金を下ろしにね。往復で十分くらいだからバイトが来るまでに帰ってこれるだろうと思ってたんだけど」

参ったなあ、と頬をかく。満のバイト代だという。給料は手渡し支給なのでそのための現金を下ろしにいくところだった。

これは……！　またとないチャンスに、満は思わず前のめりになる。

「行ってきてください！　私、先に中に入って撮影の準備しておきますから！」

「え？　うーん……」

米山は渋りつつ、満をじっと見つめた。疑うような視線……そう感じるのは満に疚《やま》しい気持ちがあるからだろうか。だが、米山の逡巡《しゅんじゅん》は一瞬で、すぐに笑顔を見せた。

「じゃあ頼むわ！　すぐに帰ってくるから準備よろしく！」

「はい！」

鍵を受け取りビルの階段を上っていく。途中、眼下では道路を渡る米山の姿を確認した。駅までは歩いて五分。いくら走っていったとしても現金を引き出す時間を加味すればやはり戻ってくるまでに十分近く掛かるだろう。盗聴器を仕掛けるには今しかない……！

作業場に入り一直線に事務室へ。事務机の裏側に盗聴器を貼り付ける。ミッション終了。たったこれだけの作業なのに心臓がバクバクと痛い。

「……」

目の前には米山がいつも座っている事務机がある。壁際には事務用品のスチール書庫が並んでいる。このどこかに『銀の蝶』があるのかもしれなかった。

米山が帰ってくるまで、あと八分。

満は、ふっ、と息を吐き出すと、覚悟を決めた。

雑居ビルを正面に見通せる道路脇に一台のワゴン車が停まっていた。運転席には勇吾、後部座席には零士が乗っている。ふたりとも耳にイヤホンをし、厳《いか》ついフォルムをしたレシーバーを手にしていた。盗聴器用の受信機である。

「お。音が入った。うまく取り付けられたみたいだな」

「これくらいできて当然だろ」

零士の厳しい評価に「少しくらい認めてあげろよ」と勇吾は苦笑いを浮かべた。

電波到達圏内で人目に付かない路地はここしかなかった。ビルの入り口からワゴン車が丸見えなのはいただけないが、そもそも人通りが少ないので気にする必要はない。

「それにしても、米山はどこへ行ったんだ？」

「角を曲がった先にコンビニがある。たぶんそこじゃないか？　長時間留守にするんなら赤石君も僕たちを中に呼ぶだろうし」

満ではないが家捜しするには絶好のチャンスである。だが、お呼びが掛からないところを見ると米山はさほど遠くには行っていないはずだ。

「ほら、噂をすればだ」

米山が走って戻ってきた。満がビルに入って五分と経っていない。

「手ぶらだし、マジでコンビニかもな。タバコでも買いに行ってたんかな？」

「どうでもいいよ。とにかく、赤石君にはこの後バイトをがんばってもらってそれから」

「待て、零ちゃん！」

知らず緊張を解いていた零士の耳に、勇吾の緊迫した悲鳴が轟《とどろ》いた。

「満のやつ何やってんだ!?　さっきからガチャガチャうるせえ！」

零士もイヤホンに意識を集中させた。盗聴器が拾う音が、近い場所から発生していることがわかる。これは、満が作業場で撮影の準備をしている音ではない。間違いなく事務室を漁っている音である。

「まさか『銀の蝶』を探してんのか⁉　何やってんだ⁉　無理すんなっつったのに！」

「まずいぞ！　米山はもうビルに入ってる！」

事務室を荒らしている現場に出くわせば、いくら米山でも何をするかわからない。

「やめさせるんだ！　早く！」

零士が言うより前に勇吾はすでにスマホを操作していたが、メッセージを送るには時間が足りなすぎた。まもなくイヤホンから遠くのほうでドアの開閉音が鳴った。そして――。

『おまえ、そこで何しているんだ？』

「あ、――」

事務室の入り口に立つ米山と目が合い、満はその場で固まった。

米山は満から視線を外すと天井を見上げた。チカチカ、と音を立てる蛍光灯に一層険しい顔をした。

「あの……また蛍光灯が切れかけてまして」

「そうみたいだね」

不規則に明滅を繰り返していた。脚立に手を掛けていた満はそのまま上っていく。

「お仕事の邪魔になりそうだったんで今取り外しますね」

「ああ、待て待て。電気を消さないと危ないよ！　感電するぞ！」

なおも「危ないから！」と注意を受け、米山が代わるというので満は脚立を下りた。

「この間替えたばっかりなのになあ」

米山は一旦部屋の電気を消し、納得いかない様子で蛍光灯を取り外した。

「前に替えたのは右側のほうでしたよね？」

照明器具には二本の蛍光灯が付いている。いま右側に付いている蛍光灯は新品で、外したほうは古くなって両端に黒ずみができていた。

「あ、本当だ！　同時期にイカれるなんてな。この照明自体壊れてんのか？」

「かもしれないですね。電気屋さんを呼んだほうがいいかもしれません」

そうだな、と同意する米山の背後で、満は震える息を小さく吐き出した。

何とか誤魔化せた……。米山が五分と経たずに戻ってきたのは完全に予想外だった。

家捜しをしている最中に作業場のドアを開ける音が聞こえたときは、本当に心臓が止まりかけた。近づく足音。まっすぐ事務室に向かってくる気配。満はすぐさま中央に用意しておいた脚立に張り付いた。

切れかけの蛍光灯にすり替えたのはもちろん満である。

　家捜しをする前にカモフラージュしておいたのだ。いつ米山が帰ってきてもすぐに言い訳ができるように。切れかけの蛍光灯は前にここで外したものを捨てずに鞄に入れて持ち歩いていた。そのときからこの偽装を考えていたわけだが、ぶっつけ本番だと緊張感は想像を遥《はる》かに超えていた。手が震える。でも、乗り切った。

「お金下ろすの早かったですね？」

「それが、肝心のキャッシュカードを忘れちまって。途中で引き返してきたんだ。ま、財布にはギリギリ赤石さんの給料代くらいは入ってるし。下ろすのは明日にするよ」

「そう……ですか」

　家捜しをする最初で最後のチャンスはこうして終わった。

　それから撮影を真面目にこなし、満のバイトは終了した。

＊

　ワゴン車に乗り込むと、丸めた雑誌で頭をパシンと叩かれた。

「痛った！　え、何で!?」

遠慮なく叩いてきたのは零士である。しかし、運転席から振り返った勇吾も目を怒らせていた。

「無茶すんなよ、満。米山に勘付かれたら何されるかわからなかったんだぞ！」

「君が何やら偽装工作をしていたのには驚いたけどね。でも、素人が色気を出すもんじゃない」

レシーバーとイヤホンに気づき、全部聴かれていたのだと思い至った。

「ご、ごめんなさい。ご心配おかけしちゃって」

「……別に君の心配なんかしていないよ。君が捕まったら【白峰界人】の正体が僕たちだってバレるかもしれなかったんだ。僕はそっちのほうが心配だった」

いつもならここで茶々を入れる勇吾も、珍しく零士に味方した。

「満は俺たちをも危険に晒すところだったんだ。やりたいことがあるなら事前に説明しておいてくれ。こんなことは二度とすんな」

本気で怒っている。勇吾の言い分には反論の余地がなく、満はしゅんとなった。

「家捜しをしただけで目的の物が見つかるなら苦労はないよ」

零士のその一言がトドメだった。言うとおり、満の自分勝手な行動でも『銀の蝶』を見つけるには至らなかったのだから。

「……あのこれ、お給料です」

違法販売のアルバイトでもバイト代はしっかり出た。零士は給料袋を受け取ると、中身を確認することなく鞄に仕舞った。中身なんて高が知れているし、この一回で借金が大きく減るわけじゃないことくらいわかるけど……。少しくらい労《ねぎら》ってくれてもいいのに、と若干不満に思うものの、怒られている手前、何も言えなかった。

そのとき、零士は目を見開いた。満の服装のある一点に気がついた。

「その胸のブローチ……！」

「？　ああ、これですか？」

しゅんとしたまま、零士の視線の先を辿る。

胸元に『銀の蝶』を着けていた。本物ではない。祖父の形見。贋作のほうである。

「ずっと着けてたのか⁉」

「え？　あ、はい。今日は最初から最後まで」

何で、と掠《かす》れた声で問われた。何で、と言われても。

「カマ掛けの一環ですよ。あ、それでわかったんですけど、米山社長は『銀の蝶』を持っていないどころか存在すら忘れている可能性があります。この『銀の蝶』の贋作にまったく気づかなかったんです。たぶんですけど、日常的に贋作を売っているひとですから過去に売《う》り捌《さば》いた物なんていちいち覚えていられないんだと思うんです」

零士も勇吾も唖然としている。気づいたことならまだある。

「あと、家捜しをしていてわかったことがあります。事務室の机には鍵が掛かる抽斗《ひきだし》が一つ、部屋には鍵付きの書類棚が二つありました。何かを隠すとしたらそこくらいしかありません。でも、その全部に鍵は掛かっていませんでした。あっさり開いたんです。で、中をざっと見渡してみたんですけど金庫とかそういうものは入ってなくて。たぶんあの事務所には高価な物や貴重品は置いてないんだと思います」

もちろん天井裏だとか床下だとか隠し場所の可能性を言いだしたら切りがないが。しかし、よくよく考えてみたら、あそこはいつ警察が踏み込んできてもおかしくない場所である。犯罪者の心理からしてそんな場所に貴重品や犯罪のさらなる証拠を隠しておくとは思えない。

「黒森先輩の見立てはたぶん正しいです。あそこに『銀の蝶』はありません」

家捜しは中途半端に終わったが、これ以上拘《こだわ》ってもおそらく何も出てこないだろう。米山へのカマ掛けも効果はなかった。米山自身、【白峰七宝】の存在を忘れている可能性が極めて高い。

ひとまずこの推測をもって今回の潜入の成果とした。後のことは零士と勇吾が考えるだろう。

零士は頭痛を堪えるかのように顔をしかめ、頭を振った。

「信じられない……。何なんだ、この女は」

「ちょ⁉ 本人を前にしてこの女呼ばわりは失礼じゃないですか⁉」

「あー、何なんだろうな。その女は」

「勇吾君まで⁉」

それでも勇吾はまだ表情を緩めていた。

「ま、一応、結果オーライってことにしとこうぜ。臨機応変に対処できるのは悪いことじゃねーし。俺たちもやってこいとしか言ってねえから。怒るんならちゃんと教育してからじゃないと筋が通らねえ。だろ、零ちゃん？」

チッ、と舌打ちする。甘いと言わんばかりの目つきを勇吾に向けるが、勇吾の言うことにも一理ある。また、満の策に驚かされた挙げ句、ブローチを目撃したときの動転ぶりが比較となって米山が【白峰七宝】の存在自体を忘れている可能性の裏付けにもなった。零士にはそれがなおのこと面白くないようで。

再び、丸めた雑誌で叩かれた。

「何で⁉」

「無茶をした罰だ。もう二度とあんな真似はさせない――し、勇吾の言うとおり君には僕たちのやり方を徹底的に教え込む必要がある」

イヤホンを装着し、レシーバーを操る。盗聴を開始した零士は正面を向いたまま黙り込んだ。怒っているのかな。そう思い横から顔を覗き込むと、零士の目が氷のように冷たく光った。冷徹さを漂わせていた。

「零ちゃんのことだ。いま、とんでもないこと考えてるんだろうよ」

そう言って笑う勇吾もまた目に真剣さを宿している。

おののいている場合ではなかった。数日後、満は怪盗【白峰界人】の本気をまざまざと見せつけられることになる。

*

初めて詐欺を働いたのは二十歳のときだった。町の顔役であるチンピラに目を掛けられたのがきっかけだった。

米山は、自分の人生はそのときから決して降りられないレールの上を走行し始めたのだと思っている。抜け出す気は微塵《みじん》も起きなかった。ひとを騙すことに抵抗はなかったし、抵抗なくやれている自分がどこか誇らしかったからだ。自慢できるものがそれしかなかったというのもあるが、スポーツ選手やミュージシャンのように才能だけで金を稼ぐ「一握りの存在」になれた気もしていた。とても他人には言えないが、米山にとってアイデンティティの核をなす自負でもあったのだ。

それもあって仕事ができない人間を嫌悪した。しかし、向上心がない分扱いやすいのは皮肉というほかない。人間には、使う側と使われる側がいるのだと悟ってからは、どんなに役立たずでも余程の失敗がないかぎり寛大に受け入れることができた。

しかし、米山はいま静かに憤っていた。

大陸から輸入したハイブランドのコピー商品が一向に届かないのだ。

湾岸沿いの倉庫に搬入されており、不法滞在している外国籍の若者たちがここまで運搬してくる段取りだった。各々の事情は知らない。国に帰れず日本でも生きていけないというので面倒を見てきた。だというのに、こうまで仕事を疎かにされると恩を仇《あだ》で返されたようで頭にくる。

さっきから持たせたスマホに掛けても全然繋がらない。もしや、事故を起こして警察から逃げているのだろうか——最悪のケースが頭を過る。

この商売は米山だけで回しているわけではない。出資元は暴力団で、売上の大半は上納金で持っていかれる。未納はおろか、もし警察に倉庫を押さえられるような事態になったら高飛びすることも視野に入れなければならない。米山は事務所を出ると、東京湾に向かってクルマを走らせた。

湾岸の倉庫に到着した。時刻は深夜二時。遠くの駐車場にクルマを停めて徒歩で向かう。もしも警察がうろついていた場合、咄嗟に身を隠すためである。嫌な予感がしていた。

目当ての倉庫は不気味なほど静まり返っていた。米山が世話している外国人たちの姿はない。運搬用のトラックも。ここにないということはすでに出発した後なのだろうか。やはりどこかで事故でも――。しかし、倉庫を開けた瞬間、そんな考えはすべて吹き飛んだ。

倉庫の中身が空っぽだった。いつもなら天井近くまで積み上がっている段ボール箱が一つもない。事務所に運搬する量は全体の十分の一程度であり、この倉庫が空になったことは今まで一度もなかったのに。放心して何も考えられなかった。夢でも見ているのか。

ふと気づく。入り口付近の床に白い紙が落ちていた。拾い上げると、米山は震える声で文面を読み上げた。

「倉庫の中身を頂きます。……怪盗……白峰界人？」

最近どこかで聞いた名前だ。あれはいつだったか……。確か、誰かに……。

奥から革靴の足音が聞こえてきた。

「だ、誰だ⁉」

狐《きつね》の面を被った奇妙な男が現れた。気づけば背後にもふたり、こちらも狐の面を被っている。米山はその場で腰を抜かし後ずさりした。

奥から現れた黒い狐の面が渋い声を出した。

「白峰界人だ。もちろん知っているはずだ。米山さん」

「し、知らない！　誰だ⁉」

「惚《とぼ》けんなよ！」

背後にいた白い狐が米山の右腕を摑んで床に引き倒した。ぐあ、と悲鳴を上げた。

「乱暴はやめよう。まずは話し合いだ」

黒狐が諭すように言うが、白狐は流れるように逆関節を極《き》めて右腕を締め上げた。

赤い狐はなぜかおろおろとしている。

「い、痛い！　痛い！　は、放してくれぇ！」

「放してやるとも。我々の質問に答えてくれたらね」

脂汗が噴き出る。激痛をかろうじて堪え、早く解放されたくて黒狐の言葉に全力で耳を傾ける。「白峰七宝はどこにある？」という質問には怒鳴るように答えた。

「知らねえよそんなもん！　初めて聞いた！」

「嘘を言うんじゃねえ！」

「う、嘘じゃない！　本当に知らないんだ！　ぐあああああっ！」

「米山さん、ここにあったコピー商品はすべて盗ませてもらった。貴方《あなた》が正直に話してくれないとそれらは全部海に廃棄することになっている。私としても海を汚すのは心が痛いし、何より米山さんが困ることになるだろう？　阿達組《あだちぐみ》の見せしめ拷問は苛烈を極めるという。貴方に耐えられるかどうか」

米山は絶句するとともに血の気が引くのを感じた。コピー商品のネット通販が広域暴力団【阿達組】のシノギの一つであるとなぜ知っている？

米山も阿達組の構成員ではあるが、数あるフロント企業の一つを任されているだけの末端だった。組の資金源であるシノギをたとえ一つでも潰そうものなら死ぬより残酷な仕打ちを受けることになる。実際に、見せしめに両目を失った人間を米山は知っている。

「逃げてもいい。だが、我々には貴方の言動はずっと筒抜けだった。どこへ逃げようとも見つけられる自信がある。その情報を阿達組に売ることだってできる」

か、勘弁してくれよぉ――米山は泣きながら呟いた。

「ほ、本当に知らないんだ……」

「一年前、銀細工職人に贋作を作るよう依頼したはずだ。蝶々のブローチのね。私はそのブローチの本物を探している。貴方は知っているはずだ」

「蝶々……」

「どうやらまだ思い出せないらしいな」

白狐が関節を極める腕にさらに力を込める。米山は堪らず「思い出した！　思い出した！」と叫んだ。「勝連議員が持ってたんだ！」

「勝連議員？　勝連貞清元首相か？　なぜ貴方がそんな大物と」

勝連の名前を聞いた狐たちの間に緊迫した空気が漂う。――嘘ではないのか？　そんな疑念を感じ取り、米山は慌てて訂正した。

「ち、違う！　勝連翔太郎だ！　息子のほう！　俺はそいつの用心棒をしたことがある！」

「……詳しく聞かせてもらえるかな？　職人に依頼した経緯を」

「わ、わかった。一年前のことだ。俺は一日だけ勝連の用心棒をしたんだ」

通販会社を切り盛りする傍ら、組の命令で要人の警護に就かされることがあった。反社会的組織が仕切っている裏カジノにお忍びで訪れる政治家は多い。社交場としても利用されており、遊興中は米山のような末端構成員がスキャンダル防止のために要人を囲み、場合によってはいざこざを引き受けることもあった。

勝連翔太郎もまた先輩政治家の付き添いで裏カジノに足を運んでいた。暴力団・阿達組とのパイプを太くする目的もあったのだろう。ただの用心棒でしかない米山にも友好的に話しかけてきた。

これも職業病と言えたかもしれない。勝連翔太郎が身につけていたブローチがやけに気になった。

「勝連は気軽に蝶々のブローチを見せてくれた。スーツから何からハイブランドで固めている勝連だ、このブローチも高価な物に違いない――そう考えた。俺は勝連にブランド名を訊いたような気がする。……そ、そうだ！　勝連はこう言ったんだ！

『これは白峰七宝ですよ』と！」

それが何を意味するのか当時の米山にはわからなかった。老舗ブランドの一つだろう、くらいにしか考えなかった。勝連翔太郎に断りを入れ、ブローチの写真を撮った。そして、その画像を職人の許に持ち込んだ。

「実物を持っていったんじゃないのか？」

「……さすがに貸してくれなかった。職人も『白峰七宝』のことは知らなかった。だが、価値ある物だという確信があった。贋作を本物と偽ってネットで出品した」

「いくつ出品した？」

「一つだよ。もしも面倒が起きたとき足が付いてもいけないから」

価格を『三百万円』に設定するなど大きく出たが、すぐに買い手が付いた。このときほど自分の勘の鋭さにおののいたことはない。同時に、【白峰七宝】が曰《いわ》くつきであることを悟り、これ以上欲を出すまいと自制したのだ。

「本物は今も勝連議員が持っているのか？」

「知らない。たぶんそうなんじゃないか？」

ブローチについて知っていることはそれがすべてだった。

米山は改めて三人の狐たちを見渡した。こいつらは一体何なんだ？　白峰界人？

白峰七宝と何か関係があるのか？

もし、ほかの白峰七宝を持っているのだとすれば……。

「な、なあ？　俺も仲間に入れてくれないか？」

黒狐が不審そうに見下ろしてくる。米山はにやにやと笑みを浮かべた。腕の痛みで脂汗を掻《か》いているものの、やせ我慢からくる笑みではなかった。

「白峰七宝ってめちゃくちゃ高価な物なんだろ？　だったらさ、それの贋作を売って金持ちから大金をせしめるってのはどうだ？」

自分が置かれている状況も忘れ、思考は目の前に転がっている儲け話でいっぱいになった。かつて勝連翔太郎のブローチに目が留まったときと同じように。

「俺が売ってやるよ。やばいものほど高値で売れるし騙されるやつも出てくる。簡単なんだ！　俺が協力すればあんたらを儲けさせてやれる！　な？　一緒にやろう！」

米山は自分の勘と嗅覚に絶対の自信があった。実績に裏打ちされた自信だ。自分がひとを騙すことに掛けては「一握りの存在」であると信じていた。

黒狐が赤狐のほうを見る。赤狐がこくんと頷いた。

「折れ」

黒狐が命じた瞬間、右腕がありえない角度に曲がった。雄叫《おたけ》びにも似た悲鳴を上げた。

「天誅《てんちゅう》だよ。この程度で済んだことをどこぞの女子大生に感謝しろ。本来ならコピー商品とともに海の藻屑《もくず》にするところだったのだから。あと、倉庫の中身ならそっくりそのまま隣の倉庫に移しておいた。それについても感謝することだ」

狐たちが倉庫を出て行く。最後に赤い狐が小さく会釈をして出て行ったのを見届けてから、米山はあまりの激痛に意識を失った。

＊

帰りのクルマの中で、零士が呆れるように口にした。

「腕一本で解放するなんて、どこまで甘いんだ……」

「ええ!?　でも、十分痛そうでしたよ!?」

骨が折れる乾いた音を思い出し、ぞわっと背筋が震えた。たかが骨折、されど骨折だ。痛いものは痛いし、罰としては十分だと思った。

「君は聖人か何かのつもりか？　米山をこのまま放っておけばまたひとを騙すぞ」

満が頼んだのだ。米山が酷《ひど》い目に遭わないようにしてほしいと。零士は最後まで反対していた。

「君のおじいさんはあいつに騙されたんだぞ！　君だって大きな借金を背負う羽目になった！　仕返しをしたいと思わなかったのか!?」

零士が激昂《げきこう》している。たぶん満の代わりに怒ってくれている。気持ちはありがたいし、満にも思うところはある。でも、そもそも仕返しが目的だったわけじゃない。

「たとえ米山……社長が酷い目に遭わされて二度と詐欺が働けなくなったとしても、後釜が一人出てくるだけだと思うんです。詐欺自体は絶対になくならないし、むしろ犯罪者を一人増やすことにもなりかねません。だから、あれでよかったと思います」

零士の言うとおり米山は反省も改心もせず、詐欺行為をこれからも続けるかもしれない。でも、今回のことでほんの少しでも懲りたのなら大きな詐欺は今後は控える可能性もある。甘いと言われようともそう信じるしかなかった。

「あれは僕たちのやり方じゃない。【白峰界人】はターゲットの詳細をすべて把握し、自分しか知らないはずの事実を先回りして見せつけて恐怖を煽《あお》る。超然としていればこそ仕掛けられた側も口を割るんだ。そして、最後は因果応報に落とし込む。報復する気も起こさせないようにね。このままだと米山は禍根になるよ」

それでも、私怨から米山を破滅に追い込むのは違う気がするのだ。あとは警察に通報するなりし、真っ当に裁かれるべきだというのが満の考えだった。

「警察がいちいち動くものか。バカじゃないのか。ほんとに」

稀に見るやさぐれ具合だった。散々文句を言いつつも、結果的に満の頼みを聞き入れたのだから零士も十分甘いと言える。そして、どうやらそのことでも自己嫌悪しているらしかった。

「満がいいって言ってんだからもうよくね？　米山だってどうせ大したことできやしねえよ。それよりも今後のことだ。どうすんだ？　今度のはエライ相手だぞ？」

運転席から勇吾が口を挟んだ。零士は、わかってる、と呟くと窓外を見つめて黙り込んだ。考えているのだ。次は、今回のような大掛かりな窃盗はおそらく必要ない。むしろ繊細さを求められるはずだから。

なぜなら次のターゲットは、政治オンチの満でも知っている有名人。

「自由民心党衆議院議員・勝連翔太郎か。さて、どうやって近づいたものかな」

まだ米山への怒りを引きずっているのかもしれない。

港湾に広がる暗黒の海を睨みつける零士の横顔は少しだけ恐かった。

第三話　怪盗に告ぐ

零士の主な仕事は『情報』を盗むことである。

会社の威光と財力と、自他共に認める美貌を駆使してターゲットから引き出したい情報を引き出してくる。子供の頃からやり慣れており、他人を籠絡することなど造作もないことだった。今さらそんな自分をいやらしいと卑下することもない。

情報収集に駆け回って汗を掻き、一旦アジトに戻って洋服を着替えた。最近は大学生活を満喫するよりも【白峰界人】として活動している時間のほうが長いような気がする。それもそのはず、ついに七宝の一つに手が届きそうなのだ。立ち止まっている暇はない。

替えのシャツを着て、付けっぱなしのネックレスを襟元から外に出す。デフォルメされたカエルが左右に揺れた。

ふとテーブルの上に目が留まる。白い封筒が無造作に置かれてあった。封蠟《ふうろう》された、【白峰界人】が残す犯行声明に使われるあの封筒だ。出す予定も用意した記憶もないのに、なぜ今ここにある？

中には便箋が一枚入っていた。躊躇うことなく開く。そこには、

〔怪盗に告ぐ――今すぐ手を引け　さもなくば　大切な仲間を　失うことになる〕

これは……。

印刷された文章を繰り返し読む。どう解釈しようとも警告文にしか読み取れない。もしくは脅迫か。まさか暗号ではあるまい。

勝連翔太郎を調べ始めたタイミングでこの手紙。差出人はそちらサイドの人間だろうか。しかし、たった数日で【白峰界人】のアジトまで割り出せるとは到底思えない。勝連とは無関係の人間の仕業という可能性も大いにあり得る。たとえば、過去に関わった依頼人。因果応報で貶《おとし》めたターゲット。あるいは。

でも、どうして【白峰界人】の封筒なんだ……。

はっとして急いでアジトを出る。手紙がアジトに置かれたのがいつのことか知らないが、それでも駆けださずにはいられなかった。

快晴の下、キャンパスには学生たちが疎《まば》らに行き交っていた。談笑する声や蟬《せみ》の合唱が嫌に耳に響く。

迷子のように視線を彷徨《さまよ》わせ、在りし日の幻影を探した。

「界人なのか……？」

しかし、尋ね人の姿はどこにも見当たらなかった。

＊　＊　＊

中央キャンパスの本館にある教務課までレポートを提出しに行く途中、満はショートカットできないかと考え学部棟の間にある細い路地に入った。両側にそびえる校舎が日差しを遮りじめじめしている。人通りが一切ないので、もしやこの先行き止まりか、と進むごとに不安になっていった。

角を曲がったところで急停止。案の定、そこは行き止まりだったのだが、立ち止まった理由はそれだけではなかった。なんと、零士が女性と抱き合っていたのだ。

——うっそ。

慌ててバックステップ。角からそっと覗き込むと、やはり零士がキレイな女の人と密着していた。見間違いじゃなかった。この位置からだと何を話しているのか聞こえないが、零士の表情は優しくて愛を囁《ささや》いていてもおかしくない雰囲気だった。

どど、どうしよう……。——違う！　どうするもこうするもない！

回れ右して足早にその場から立ち去る。聞こえないだろうけど極力足音と息を殺して。

一応、我らがリーダーのことなので誰にも言うつもりはないけれど。

うっわ————っ、まさか黒森先輩にカノジョがいたなんて……！

キャンパス内では一、二を争う（たぶん）スキャンダルを目撃し、思わず浮ついてしまう満であった。


大学に入学して初めての前期期末試験が始まろうとしていた。

この頃、学食やラウンジ、各棟に設けられたフリースペースでは授業ノートを広げて写しあう学生が急増する。ランチの奢《おご》りを交渉材料にノートのコピーを頼んでいる学生もちらほら見かける。また、余裕か諦めか「もう単位を取る必要はない！」と豪語して馬鹿騒ぎをする集団もいたりして。皆、どこか浮き足立っており、そわそわして落ち着かなかった。

試験の傾向も対策もわからない新入生の満にとってサークルに先輩がいる反町うのだけが頼みの綱である。

「一般教養《パンキョー》科目の数学？　ああ、毎年同じ問題を出すってアレでしょ？　いいよ。先輩から去年の問題用紙貰ったから後でコピー取ってあげる」

「ありがと〜〜〜っ！　うのがいてくれてよかったよ〜〜〜っ！」

うのが選んでいたので一緒に「数学」を選択したのだが、高校時代は苦手だったことをすっかり忘れていた。「泣くほど？」とうのは呆れて笑った。

「今度お返ししなくちゃね。あ、そうだ！　うのが好きなモデルさんの、えっと、えっと、あのその——何て言ったたっけ？」

「……『ナミダ』」

「そうそう！　そのひとがCMしてる何かいい物を今度の誕生日にあげるね！」

最大限の感謝を示したつもりだったのだが、うのはテーブルをバシバシ叩いた。

「いらないっての！　あんたに物を集《たか》ろうなんて考えてないから！　私を何だと思ってんの⁉　鬼か悪魔だと勘違いしてない⁉　やめてよねこんな友達思いのいい女を捕まえて！」

「あ、はい。ごめんなさい……」

めっちゃキレられた。鬼か悪魔って。うのは私のことをどれだけ不憫《ふびん》に思っているのだろうか。

「いやでも、いつも面倒見てくれてるし、それくらい返したいんだけど……」

零士が三百万円の借金を肩代わりしてくれたおかげで少しくらいなら余裕があった。

しかし、うのは憤然と腕を組む。

「いいってば。あんたは自分のことだけ考えてなさい。私だってこんなことで恩を売るつもりないし。相手が誰であれね」

たぶん一種の照れ隠しだと思うけど、うのがそう言うならと素直に甘えておく。それはそれとして、誕生日プレゼントは考えておくけどね。

コピー機でコピーしてもらった数学の問題文を、ほら、と手渡される。

「答えも載ってるから丸暗記しておけば落とすことないってさ。まあ、出題文の数字がコレと同じって保証はないけど」

「あ、そこは自力で解く。がんばる」

どちらにせよ解き方を理解しておかないと試験には臨めない。

「一緒に勉強しない？ うの、高校のとき数学の成績よかったよね？」

「あー、ごめん。私、勉強しない。講義受けても難しすぎて理解不能だったし。問題の数字が違ってたら単位は諦めるってもう決めてる」

「えー？」

高校までと違い、今後は入試がないので習ったことを積み重ねておく必要はない。単位さえ取れれば習ったことは忘れてしまっても大して困らないのが大学だ。極論、卒業できればそれでいい。

その理屈もわかるが、せっかく高いお金を払って大学に来ているので受けた授業はできるかぎり内容を理解しておきたかった。

「俺が教えてやろうか？」

不満顔で膨れていると、後ろから勇吾が声を掛けてきた。満の手許を覗き込み、

「俺もそれ去年受けたわ。まだ覚えてるから教えられると思うぜ？」

「本当⁉　ありがとう！」

やはり持つべきものは先輩である。ていうか、零士や勇吾は存在自体が超越しすぎていて満と同じ学生であるということをすっかり忘れていた。

「で、ちょっと来てもらっていいか？　零ちゃんが満を呼んでるんだ」

「私を？　何だろう？」

またまたバイトの斡旋だろうか。正直、試験前なので勘弁してほしいところだが、借金している身の上では断りにくい。

「わりぃけど、ちょっと満を借りていくわ。いいよな？」

訊ねられたうのは目を丸くしながらこくこくと小刻みに頷いた。そういえば、零士たちと知り合いになったことをうのにはまだ話していなかったっけ。

「ごめん。あとで連絡するね。──わ、ちょ、勇吾君引っ張らないで！」

「ほら急げ！　零ちゃんがまた怒りだすぞ！」

勇吾に手を引かれて駆けだした。うのだけでなく、周囲の唖然とした顔の中をすり抜けていく。


「急げ、急げ！」

「そ、そんなに緊急事態なの⁉」

その割には勇吾の声は弾んでいる。

「お茶とお茶請けを用意しないといけないからな。零ちゃんはお菓子がないと目に見えてやる気を失くすんだ。困ったもんだぜ」

言いつつ、愉快そうに笑う。甲斐甲斐《かいがい》しいったらない。けれど、それは零士のワガママに付き合わされているだけなのか、単に勇吾の性分なのか。どっちだろう。

「ねえ。黒森先輩のことどう思ってるの？　友達？　先輩？」

「変な質問だな。急にどうした？」

立ち止まる。あ、と勇吾は何かに気づいたようににんまりと口許を歪《ゆが》めた。

「零ちゃんのことが気になるのか？　そうなんだろ？」

「ううん。どっちかというと勇吾君のほうかな」

「俺？　どうして？」

「黒森先輩との関係が奇妙だったから。奇妙っていうか不思議っていうか」

勇吾は「なるほど」とあっさり納得してくれた。おそらく先の「お茶請け」云々が引き金だと悟ったようだ。ラウンジに向かって歩きだす。

「別に俺は零ちゃんの子分ってわけじゃないぞ。二つ年上だけど友達だし。ああ、もちろん先輩としても尊敬しているけど。俺が零ちゃんに世話を焼くのはさ、界人の真似をしているからなんだ」

「お兄ちゃんの？」

照れたように頬をかき、

「界人は零ちゃんにめちゃくちゃ甘かったんだよ。なんかわかんねえけどさ、それがすげえ羨ましかったんだ。零ちゃんが、じゃないぜ？　零ちゃんに甘い界人が何でかかっこよくて。ああ、俺もこういう男になりてえなーってそんとき思ったんだ。それに」

ラウンジの入り口に差し掛かる。扉を開くと同時に、勇吾は話を切り上げるように言い切った。

「零ちゃんが頼ってくれるから。俺は零ちゃんに尽くすんだ」

＊

ワゴンを押しながらアジトに向かうと、すでに零士が待ち構えていた。「遅い」と言われなかったのはさっきまでカノジョと過ごして機嫌がいいからだろうか、などと邪推してしまう。

テーブルに紅茶とお菓子を並べる。今日のお菓子はフルーツケーキサンドだ。生クリームと缶詰の果物をパンケーキで挟んだお手軽スイーツ。ヨーグルトを混ぜた生地はしっとりふわふわに仕上がり、一口食べた零士は満足そうに頷いた。

「阿達組が元締めの裏カジノに出入りしている自由民心党議員を特定した。そっちの業界だと当たり前すぎて秘密にもなっていなかった。週刊誌がすっぱ抜かないのは共益関係にあるからだそうだよ。世の中、悪い大人ばっかりだ」

嫌になる、と吐き捨てながらも、パンケーキを口に運ぶ手は止まらない。

「で、勝連翔太郎についてだが。こいつが裏カジノにいたという証拠や証言は見つからなかった。よほど用心深いんだろう。それとも裏カジノに出入りしたのはその一回だけだったのかな。どちらにせよ、このことをネタに脅迫するのは難しそうだ」

あっさりと物騒なことを言ったので、口に含んだ紅茶を噴き出しそうになった。

「きょ、脅迫って⁉」

「最終手段だけどな。あくまで俺たちは怪盗だ。できればブツだけ盗んでスマートに終わらせたい。つっても、米山にも似たようなことしたし、今さらだろ」

それはそうだけど……。相手が国会議員だとスケールが大きく感じられて思わず及び腰になってしまう。

「だけどよ、勝連が裏カジノにいたっていう証拠がないのは痛いな。米山の話の裏付けが取れないと『銀の蝶』の持ち主だと断定できねえ」

「いや、それについては裏が取れた。米山の話がなかったら見過ごしていたかもね」

零士がタブレットを開く。ネット記事を表示させ、満と勇吾にタブレットごと回してきた。片手で持ち合って確認する。

見出しには『大型新人初当選　大いに期待』とある。三年前の記事で、総選挙の結果を勝連翔太郎の写真付きで掲載していた。

「勝連の胸元をよく見てみるんだ。画像は小さいがはっきりわかると思う」

「……蝶々のブローチだ」

勇吾が喉を震わせた。

「そう。白峰七宝の『銀』で間違いないよ」

満も直感で本物だとわかった。──似てる。おじいちゃんの形見にそっくりだ。

ネットに出回っているもので『銀の蝶』が写った写真はこの一枚だけだそうだ。これ以降、勝連翔太郎が公の場で蝶々のブローチを身につけたことはないという。

「白峰七宝は権力の象徴だ。ここぞというときにしか着けないってところがますます本物めいているじゃないか。勝連元総理の息子っていうのもまた実にらしい」

どういう意味だろう──首を捻っていると零士が、

「界人の祖父、白峰藤一は勝連貞清が総理時代に内閣官房副長官を務めた元官僚のトップだったんだ。実はかなりの有名人なんだよ」

さらに、白峰家そのものも由緒正しい家柄だと説明した。旧財閥であり、旧宮家とも親類関係があるという。

「でも、界人の誘拐をきっかけに家宝の七宝は散り散りに。それに伴って白峰家は没落した。藤一は現役引退を余儀なくされ、今は世間から身を隠して暮らしている」

満の祖父が藤一を見つけ出せなかった理由がそれである。

「隠居しても影響力はいまだに衰えないからすごいんだけど、それが仇となった。藤一が表に出られなくなった代わりに裏では七宝が威光を示すようになったんだ。まるで七宝を持つ者が藤一の権力を引き継いでいるかのようにね」

「一人、七宝の持ち主が明らかになってんだけどよ、そいつへの周囲の『忖度《そんたく》』はえげつないぜ。それだけでも白峰藤一がどれほどの権力者かわかろうってもんだ」

政官財のあらゆる方面に顔が利き、おそらくフィクサーとして要人を操ってきた白峰藤一。白峰七宝はそんな彼の威光を宿した紋所を付けた印籠なのだった。

「それなりの地位と時機に恵まれていたらいち議員を総理大臣に押し上げるくらいわけないさ。七宝は、いや、白峰藤一は現代日本の陰の支配者と言っても差し支えない存在なんだ」

思わず喉を鳴らす。あまりのスケールの大きさに正直ついていけない。

では、勝連翔太郎の当選や今の人気ぶりも『忖度』によって作られたものなのだろうか。その疑問に零士は半々だろうと答えた。各団体の選挙協力やメディアでの猛プッシュに七宝が関係していないとは言い切れないが、投票したのは国民である。藤一の威光が届かない一般人には忖度のしようがなく、選挙を勝ち抜いたのは勝連翔太郎の実力によるところが大きいはずだと分析する。

「七宝が如何《いか》に重大で重要なものか理解できた？」

　零士に問われこくこく頷く。界人を誘拐してまで要求するほどの価値がはたして白峰七宝にあるのかと密《ひそ》かに疑問だったのだが、ようやく腑に落ちた。

　でも、だったらどうして。

「白峰藤一さんは何も言わないんですか？　一言、盗まれた、と言えば誰も悪用できないはずなのに」

「言わないんじゃない。言えないんだ。まず第一に、誘拐された界人の身を案じているからだ。事情を知っている者は藤一だけじゃない。僕たちだっているし他にもいる。でも誰も声を上げないのはいまだに界人の安否が確認されないからだ」

　身代金目当てならばお金と引き換えに人質は解放される。それはお金には色がないからだ。お金はただ使うだけなら制限はなく、誰に対しても平等に貨幣としての効力を発揮する。金さえ手に入ればお荷物となる人質を抱えておく必要はない。

　しかし、白峰七宝の場合、手にしたからといって必ずしも『忖度』を引き出せるわけではない。白峰藤一が表舞台に居続けるかぎりその威光は使えない。あくまで代理という形でしか効力は発揮されず、虎の威を借る狐にとって虎に表に居られたままでは困るのだ。

界人誘拐は白峰藤一を日陰に引《ひ》き留《とど》めておくためのものでもあった。界人が人質にされ続けている限り、藤一だけでなく周囲も身動きできない状態だ。

「そして第二に、白峰藤一は現在話せる状態にない。意識障害でね、言葉すら忘れてしまっているんだ。それをいいことに狐どもはやりたい放題だ」

顔役が無口なら下手な根回しは不要であり、報復を恐れることもない。白峰藤一の名を笠《かさ》に着て不正を働き、その責任をすべて白峰藤一におっ被せる寸法である。

「ひどい……」

あまりにも現実離れした事態にめまいを起こしていると、「登場人物全員、上級国民だからね。法も良識も通用しない世界なんだ」と零士が皮肉げに言った。

「じゃあ、勝連議員がお兄ちゃんの誘拐に係わっているってことですか？」

父親が元総理大臣で、いずれ自分も——と考えているなら七宝の威光に頼ろうとしてもおかしくない。これには勇吾が、かもな、と答えた。

「少なくとも誰かしらから『銀の蝶』を譲渡されたわけだから、辿っていけばいずれ界人を見つけ出せるだろうぜ」

『銀の蝶』は勝連にとっても生命線である。『銀の蝶』を盗み出して脅し、界人に繋がる情報を引き出すことが今回の目的となる。

勇吾が、よっしゃ、と拳を手のひらに打ち付けた。

「勝連の事務所に忍び込もう！　誰が行く？　俺が行ってもいいぜ！」

「そのことだけど少し調べてみた。衆議院議員会館はセキュリティが堅い。一般人が陳情を装って入り込んでも自由に動けそうにない。忍び込むなんてもってのほかだ。潜入するなら関係者に成り済ましたほうがいいだろう。というわけで、すでに準備はできている」

「さっすが零ちゃん！　話が早い。で、どうやって潜入するんだ？」

当然のように作戦を立て始めるふたり。しかし、――議員会館に潜入する？　ブローチを盗みに？　本気で言っているのだろうか？

「明後日、勝連の事務所に定期清掃が入る。清掃員に成り済まして潜入しよう」

零士がスマホを見ながら、清掃予定の日時だけでなく職員の名前や人数、それぞれの作業内容を読み上げた。黙って聞いていた勇吾が不安そうに眉根を寄せた。

「ずいぶん細かいな。どこ情報だそれ？」

「この清掃会社の社長令嬢が偶々うちの学生でね、彼女からついさっき送ってもらった資料さ。まだ精査はしてないけど、僕を騙すとは思えないから信用していいだろう」

「あ……」

もしかして、校舎裏で抱き合っていたあの女性がそうなのか。

「おーおー、相変わらず手が早いな。また女を騙したのか？」

「人聞きの悪いことを言わないでくれ。お友達になっただけだよ」

お友達……。恋人じゃなかったんだ……。あんなに親しげにしていたのに。

誑かしていたんだ。ただ情報を聞き出すためだけに。なんてひとだろう……。

「どうした満？　変な顔して」

「へ、変？　変な顔してました、私？」

「ボーっとするな。君にも働いてもらうんだから。集中してくれ」

「は、はい！」

ひとまず零士に抱いた感情には蓋をしておこう。今は邪魔になるだけだ。

集中、集中。

「でもよ、ここまでガチガチに取り決めがあるってことは逆に紛れ込むのは難しいんじゃないか？　一人一人社員証のチェックがあったら入り口で止められるぞ」

勇吾の懸念はもっともだ。受付で入館許可を得る際にボディーチェックまでするような警備体制なら会社名だけでなく個人名義まで調べられるはず。清掃員の制服を着て社員を装う程度の扮装《ふんそう》では受付すら通過できないだろう。

「それなら社員証を偽造すればいい。当日来ない社員の名前を使い、顔写真のところだけすり替えてさ。これから一弥《かずや》に頼みに行くつもりだ」

「……一弥か。動いてくれっかな。あいつ、その手のことには消極的だから」

「うまく頼んでみるよ。偶然だけど、この後一弥に呼ばれているんだ。こっちも別件で訊きたいことがあったし丁度いい。——赤石君、君も来るんだ」

「ん？　はい？」

急に名指しされて驚く。話の流れからして零士はこの後ひとと会う予定のようだが、それに同行する？　なぜ？　またぞろ怪しいバイトにでも投入する気か。

「一弥が会いたがっているんだ。そういえば、顔合わせもまだだったしね」

ああ、と納得したのは勇吾である。

「確かに、満は一弥に会っといたほうがいいかもな。なんせ一弥は怪盗【白峰界人】の生みの親だからな。ここの卒業生で、言うなりゃ初代【白峰界人】ってところだ」

初代？——と、満は首をかしげた。

「【白峰界人】って黒森先輩たちが作ったんじゃなかったんですか？」

「僕たちも結成メンバーだけど、ここに拠点を作って【盗みの心得】とか諸々《もろもろ》のシステムを作ったのは一弥だよ。僕たちが入学したときにはもう【白峰界人】の噂は囁かれていた。おかげで余計な時間を掛けずに活動を始められた」

「工作が得意なんだよ。西京《さいきょう》一弥って男は」

「西京一弥……」

口にしてみると懐かしい感じがした。もしかしたらこのひとにも昔会ったことがあるのかもしれない。

「君はまだ正式な仲間じゃない。一弥が認めないかぎり仮メンバーのままだ」

「うえ？　も、もしかして面接するってことですか？」

「そう思ってもらっていい。場合によっては今日限りの付き合いになるかもしれないな」

脅かしてくる零士。顔も口調も真剣で冗談めかしたところが一切ない。満は本気で不安になった。

＊

講義が終わり指定された場所に来てみると、路肩にタクシーが一台停まっていた。零士は後部座席に乗車済みで、満にも乗るようにアゴで促した。乗車した途端にタクシーは発車した。すでに行き先を告げられているのか迷いがない。

「あの……どこまで行くんですか？」

「銀座だよ」

「銀座⁉」

それはまさか高級ブティックが建ち並びセレブリティな人々しか闊歩《かっぽ》することを許されないと言われているあのオシャレな街のことか⁉　そんな偏見しか持てないほどに縁がない街の一つである。——私いま、所持金千五百円しかないんですけど⁉

「つ、捕まったりしませんかね、私⁉」

「……何か捕まるようなことでもしたのか？」

要領を得ず眉をひそめる零士だったが、さほど気にした様子もなく窓外に視線を移した。

にわかに沈黙が漂う。思えば、零士とふたりきりの状況は久しぶりだ。運転手も気を遣っているのか無言を貫いている。走行音だけが静かに響いた。

「君は」

不意に零士が口を開いた。

「界人と最後に会ったのがいつか覚えているか？」

「えっと……覚えていません。ずっと昔のことですから」

「本当に？」

「え？」

いつの間にかこちらを向いた零士と目が合う。キレイな顔なのは知っていたけれど、今は日の光が当たってさらに透明に見えた。

何だ。ドキドキする。引き込まれる。

「僕はどうしても界人に会いたい。それが叶うならどんなことだってしてみせる」

「はい……」

そのための【白峰界人】であり、そのために満は協力を頼まれた。満の意志でもあったが、界人を見つけたいという思いは完全に零士たちに便乗している。

今さら宣言されるまでもない。

「君も尽くせ。わかったね？」

思わず呟く。「はい」――はっとして目を瞬《しばたた》く。零士は窓外を眺めている。車内は無言の状態に戻っていた。

今のは……。私、幻覚でも見ていたのかな。

「赤石君」

「ひゃい⁉」

「……何だ、素っ頓狂な声を上げて。みっともないからやめてくれ」

「す、すみません」

目許を擦る。いつもの零士だ。日陰に入ったせいか先ほどまでの神々しさはない。

やっぱり白昼夢だったのだろうか。

「そんなに緊張しなくていいよ。一弥はメンバーの一人として新参の君が気になるんだろう。会っておきたいと思うのは当然さ」

満が萎縮していると思ったのかいつもより声が優しげだった。

「その西京さんってひとも幼馴染みだったんですか？」

「そうだよ」

「そっかあ」

界人、零士、勇吾、そして一弥。これで幼馴染みは四人になった。話に聞くかぎり西京一弥もかなりクセが強そうだし、この四人の子供時代って一体どんなだったのだろうと興味が湧いた。

「みんなは昔どんな遊びをしていたんですか？　ていうか、黒森先輩の子供時代って全然想像つかないんですけど」

訊ねると、零士はにべもなく返した。

「まだ仲間でもない君に昔話を聞かせるつもりはないよ。僕は勇吾と違って馴れ合う気はないからね」

こ、心の壁……。

まもなくクルマは銀座四丁目交差点に差し掛かる。ランドマークである和光《わこう》本館の時計塔が見えてきた。

到着した場所は、銀座の一等地にあって古めかしくも大きな構えをした呉服店だった。入り口脇のショーウィンドウに飾られた雅《みやび》やかな着物が目を引いた。薄紅色の振り袖だった。

「うわあ。キレイ……」

「そういう趣味があったのか」

「そりゃあちょっとは憧れますよ。ウチ貧乏ですから、成人式にはせめてレンタルしたいなあっておじいちゃんと話してたんです」

もう見せてあげられないけれど。おじいちゃんが好きそうな色合いだったから思い出してしまった。

零士の後に付いて中に入る。冷房が効いた店内はほのかに香の匂いが漂っていて気持ちを落ち着かせた。

衝立式の衣桁《いこう》に掛けられた色とりどりの着物が両手を広げて出迎える中で、一つだけ動くものがあると思ったら着物を着た若い男性だった。

「いらっしゃい。待っていましたよ」

零士に向かって微笑《ほほえ》んだ。とても優しい声だった。

「連れてきたよ。コレが赤石満さんだ」

コレはないだろう、と内心で突っ込みつつ、頭を下げた。

「初めまして。赤石満です」

男性はにっこりと笑った。

「こんにちは。突然お呼び立てして申し訳ありません。ここの店主をしております西京一弥と申します。一弥と呼んでください。私も満さんとお呼びしますので」

そう言ってお辞儀する。背が高いけれど線は細く、物腰も柔らかで所作の一つ一つが丁寧だった。羽織《はおり》が恰幅《かっぷく》のよさを足しているが明るい鶯色《うぐいすいろ》のおかげで夏なのに涼やかな印象である。容姿が目立って美しいのが零士なら、こちらは佇《たたず》まいが美しいと感じた。零士とは違うタイプの美男子である。

零士が懐から白い封筒を取り出した。それを受け取った一弥は眉をひそめた。

「これが例の怪文書ですか？」

「内容はメールで伝えたとおりだよ。調べられる？」

「調べてはみるよ。でも、結果は期待しないほうがいい。見たところ、封筒と便箋は普段私たちが使っているものと同じだし、それ以上のデータがあるとは思えない」

「それでもいいよ。手掛かりには違いないんだ。僕はこの手紙が意図するところをもっと考えてみる」

「勇吾には？」

「まだ言っていない。今のところ知っているのは僕と一弥だけだよ」

零士がちらりと満を振り返った。また何か言いたげな目つき。聞きづらいことでもあるのだろうかと思わず首をかしげる。

「わかった。ここだけの話にしよう」

「頼んだよ」

「ほかにも話があるのでしょう？　立ち話もなんですし、場所を移しましょう」

一弥の提案で外に連れ出される。お店を空けていいのかと思ったが、一弥曰く「このお店は常連の方のご贔屓《ひいき》で成り立っておりますから。来店予約がない今の時間はほかのスタッフに任せておけば大丈夫です」ということらしい。要らぬ心配であった。近く呉服店と同じ並びにある甘味処《あまみどころ》に入った。奥まったテーブル席に案内される。近くにほかの客はいなかった。

シックな内装でジャズが流れる店内はおよそ和菓子を提供するようには見えないが、モダンな雰囲気もあって着物姿の一弥は妙に溶け込んでいた。対して、上下スポーツウェアの満は場違い感極まりない。

冷水ではなく緑茶が出された。おしぼりはポリ袋に入ったやつではなく竹舟に乗って出された。高そうなお店！　面接がどうこうよりも財布の中身が不安になる。

「ここは私が持ちます。遠慮せず召し上がってください」

一弥の申し出に涙しそうになりながらメニューを開く。……何コレ。ただのカキ氷がどうして所持金よりも高いのか。隣では零士が『宇治金時特盛りパフェ』を一弥に言いつけた。一番高いメニューを平然と注文する神経が理解できない。そして、それを涼しい顔して承諾する一弥も満からしたら規格外だ。

遠慮するのも失礼なので真っ先に目についた夏季限定メニューの先頭にあるものを

選んだ。値段は……ま、まあまあかな。一番安いものだとかえって遠慮がちに見えるのでよしとしておく。

一弥が店員を呼んで注文し、緑茶を啜《すす》ると居住まいを正した。

「改めまして、西京一弥と申します。満さんのことは聞いておりましたが、実際に会っておきたかった。活動を続けていく上で貴女が信頼に足る人物であるかどうか自分の目で見極めたかったのです。不躾とは存じておりますがその点ご容赦ください」

「あ、はい。いえ、えっと、――わ、わかります！ 活動が活動ですからね！ 用心するのは当たり前だと思います！」

零士が呆れた顔で茶々を入れた。

「何を焦っているんだ。いつもは心臓に毛が生えてるのかってくらい図太いくせに」

「だ、だって」

こんなに丁寧な言葉遣いで話しかけられたことはなかった。下町生まれのチャキチャキの江戸っ子に育てられた満である、一弥のように気品ある大人はこれまで見たことがなく、どう対応すればいいのかわからなかった。

「歳は零士と三つしか変わりません。私もまだまだヒヨッコですのでそう緊張なさらずに」

「はあ……」

その謙遜もまた貫禄《かんろく》がある。一弥は「そうですね……」と思案顔で呟くと、

「では、挨拶代わりに私のことを少しお話ししましょう」

甘味がやってくるまでの座を持たせるような気軽さで話し始めたのは、怪盗【白峰界人】結成の秘話だった。

＊

「私や零士たちが避暑地で出会った幼馴染みだということはご存じですか？」

頷く。一弥は昔を懐かしむように遠い目をした。

「私が年長者で、次が界人でした。当時、私以外はみんな小学生でしたが、界人だけは大人びていて私と話が合いました。……親友でした。後にも先にも親友と呼べる人間は界人だけだと思います」

創業百年を越える老舗呉服店の跡取りとして生を受けた一弥。着物を愛用する客は大半が文化人で、高級な誂《あつら》えを取り扱っているため名士と呼ばれる人間も多かった。

幼い頃からそういった人間たちを間近に見てきたので自然と風格や品を学び、それは

物腰にも現れるようになった。窮屈だと感じたことはない。それが普通だったからだ。しかし、同年代の学友からは変わり者扱いされることが多く、周囲に馴染めない自分は落ちこぼれなのではないかと悩むこともあった。

そんな一弥の悩みを界人は一蹴した。

「クラスに馴染めないのが悩み？　バカ言え。一弥はもう十分個性的なんだ。それに反発するやつはただの無個性だ。そんなやつらにおもねる必要なんてない。せっかく手にした武器を手放すなよ。それよりも、それでも友達だって思えるやつは絶対に大事にしろよな。一弥が認めた相手なら将来大物になるに決まってるんだから」

欠点を直せとは言わず才能だと褒めてくれた。そして、その才能に惹かれた人間は大成するとも。自分がそれほどの器だとは思わないが、界人の言葉なら信じられた。

他でもない友達がそう言ってくれたのだから。

「界人のすごいところはどんな悩みや不幸も力尽くで肯定してしまうところです。たとえ屁理屈《へりくつ》でも界人に言われると悩んでいたのが馬鹿馬鹿しくなる。そんなふうにひとを引っ張り上げる勢いがありました。私はそれに救われました。界人はそうしてみんなに慕われるリーダーになったのです」

一弥だけではない。幼馴染みの誰もが界人に憧れ、界人の後を追いかけた。そこには満も含まれている。幼馴染みの絆は界人を中心にして築かれていった。

「ですが、不幸は突然襲いかかってきました。十一年前の夏、秘密基地に見知らぬ大人たちが押し入ってきたのです」

誰かが殴られ、誰かは足蹴にされた。

悲鳴を上げる暇もなく、そいつらは目的を果たすと引き上げていった。

蹂躙《じゅうりん》された小屋の中、生きていることがうれしくてひたすら泣いた。

ようやく顔を上げたとき、子供たちは数が合わないことに気がついた。

誰かが言った。——界人がいない。

「私たちは大切な仲間を奪われたのです」

テーブルに甘味が並ぶ。満が注文した『小倉あんみつ』は小倉アイスが見た目にも甘さと塩気を口の中に想像させて食べる前から涼しさを感じさせるが、一弥の淡々とした昔語りがそれ以上に背筋を凍らせた。

「みんなの思いは同じです。界人にもう一度会いたい」

そして時代は近年に飛ぶ。一弥は大学に入ると怪盗団【白峰界人】を組織し、零士たちが入学してくるまでの間に準備を整えた。

「もっとも発案者は零士なので、組織のリーダーは今も昔も零士です。私は参謀といったところでしょうか。私自身あまり活動的ではありませんし、零士のようにリーダーシップもありませんから。ですので、私は自分にできることは全力でやりたいと考えています。いつか界人を取り戻すために」

一弥からも零士や勇吾と同じかそれ以上の思いを感じ取る。並々ならぬ信念。不屈の決意であった。

「なぜ『怪盗』だったのかご存じですか？　言いだしっぺは界人でした。それぞれの別荘からお菓子をくすねてくるだけの他愛ないものでしたが、『怪盗』は毎年恒例の私たちのごっこ遊びになりました」

すると、横で宇治金時特盛りパフェを黙々と突《つっ》いていた零士が口を開いた。

「界人ならすぐに気づくはずさ。怪盗【白峰界人】の正体が僕たちだってことにね」

そうか。つまり、この活動自体が白峰界人に向けたメッセージ。同じ思い出を共有している者にだけ伝わる暗号でもあったのだ。

「自己紹介はそれくらいでいいか？　このまま面接を続けるつもりなら僕の話を先に終わらせたいんだけど」

「ああ、そういえば零士はほかにも相談があって来たのだったね。聞こう」

零士は勝連翔太郎について話した。今後の作戦と議員会館への潜入方法も併せて説明した。

「社員証を偽造したい。できる？」

すると、一弥は険しい顔をしてみせた。

「零士が何をやろうとしているのかはわかる。でも、それは」

「自分にできることは全力でやりたいんだろ？」

一弥は引っ叩かれたように呆然とした。零士は再びパフェを突き始めると、一弥に目もくれずに続けた。

「できないならそう言ってくれ。今は一弥の駄々に付き合っている暇はないんだ。すぐに代わりを探さないと」

頭を下げているのは零士のほうなのに、なぜか一弥が突き放されていた。傍らにいる満も緊張してしまう。

一弥は悔しさを滲《にじ》ませるように奥歯を噛み、やがてふっと力を抜いた。

「……やるよ。少し時間は掛かるかもしれないけど」

「時間はない。本番は明後日なんだ。すぐに取りかかってくれ」

おそらく無理難題を押し付けられた一弥だったが、満と目が合うと照れくさそうな笑みを浮かべた。

その後、満はこれまで活動をしてきた感想を訊かれたので話した。

これからもやっていけそうかという質問には曖昧に頷いておく。

「とにかくおじいちゃんの未練だけは叶えてあげたいです。それまではがんばります」

「わかりました。お話は以上です。ありがとうございました」

面談が一段落つき、甘味を食べ終えて席を立つ。零士は会計を一弥に任せるとさっさと外へ出て行った。会計に向かう通路の途中で一弥が呼び止めた。

「少しよろしいでしょうか」

真剣な表情だったので思わず身構える。

「……面接の結果ですか？」

「いいえ。それは零士に貴女を連れてこさせるための方便でした。実は、貴女にお願いしたいことがあるのです」

スッと目を伏せた。その瞬間、優しい雰囲気の中に厳かな空気が混じった気がした。

「零士のことです。ご存じのとおり零士はワガママで身内に対しては暴君ぶりを見せつける困った子です。内弁慶とは少し違いますが、仲間にしかそういう態度は見せません」

満に対しては辛辣以外の態度はなかったように思うのだが……。自分も身内に入れられているのかと思いドキリとした。

「零士には昔からひとを誑かす才能がありました。言葉巧みに相手を言いくるめて従わせる。それを無自覚に行っています。よく言えばカリスマ性があるのです。相手に合わせて心地いい言動を取り、零士に気に入られたいと思うように仕向けられます」

そういえば、とキャンパス内で女性と抱き合っていた光景を思い出す。零士に気に入られようとしてまんまと情報を抜き取られていた。

「どんな詐欺師ですかそれ⁉」

満の突っ込みに一弥は弱々しく笑った。

「先ほどのやり取りを見ていたでしょう。界人は私を引っ張り上げてくれましたが、零士はあえて私を突き放すのです。そうすれば私が動かざるを得なくなることを知っているから」

「え、でも、さっきのはなんというか、……脅迫じみていませんでした？」

おまえの代わりならいくらでもいる――そう切り捨てたように見えた。そして、それを言われた一弥は飼い主に見捨てられた子犬のようにしゅんとしていた。

「零士のあれは甘えるなという一喝でした。私の臆する心――気が乗らないという程度の躊躇いを見抜いたから言ったのです。非はむしろ私にあります」

入り口のガラス扉の向こうを見つめるその瞳には零士を非難する気配はない。自分が悪いと本気で思っているようだ。傍目《はため》には零士の横暴が目に余るが、振り回される側には第三者にはわからない心地よさが存在するのかもしれない。

満の目にも零士は眩《まばゆ》く映った。──きっと、真夏の強い日差しのせいだろう。

「零士にとって【白峰界人】はすべてです。比喩ではなく、人生そのものと言っていいでしょう。ですから、時に無茶なこともしてしまう。唯一それだけが心配です」

心当たりがある。身に沁《し》みて知っている。満の借金三百万円をあっさり立て替えた。あの行動は、よくよく考えてみれば無茶以外の何物でもない。たとえそれが満を動かすための人心掌握術だったのだとしても程度を超えている。

人生そのもの……。借金が、街金にしていたときよりもずしりと重く圧《お》し掛《か》かる。

一弥は満の目をまっすぐ見据えると、音もなく直角に頭を下げた。

「どうかお願いします。もし零士が危険なことをしようとしたら止めてください。私では零士を止めることができませんから」

零士のワガママや命令に抗えないことを自覚した上でのお願いであった。

「勇吾も、零士の背中を押すのは得意ですが、一緒になって無茶をしがちです。ですから満さんにはブレーキ役になってほしいのです」

「……私なんかが何を言っても止まってくれないと思いますけど」

「違う視点を入れるだけでも意味はあります。考えなしに向かうよりいくらか慎重になってくれるならブレーキの役割として十分です」

満の基準で無茶を指摘していたらたぶん全部に待ったが掛かるはず。意見するだけで睨まれるというのに、出すぎた真似が続けば怪盗団からも追い出されかねないのでは。

「そこはうまく立ち回って頂けたらと」

そこまで含めての「お願い」だという。……いいですけどね。満とて無茶なことはしたくないし、頼まれずともそのときが来れば止めるに決まっている。

一弥は自嘲するように力なく笑った。

「零士や勇吾には、一弥は過保護すぎる、といつも文句を言われます。確かにそうかもしれません。ですが、これが年長者である私の務めだと思っています。もし仲間の身に何かあったら界人に顔向けできません」

界人を見つけ出したい。しかし、そのために仲間を危険な目に遭わせるわけにいかない。年長者としての立場と責任が零士たちの歯止めにならざるを得ないことに葛藤を抱く。きっと、界人を思う気持ちはほかの誰にも引けを取らないはずなのに。

大人なのだ。

「わかりました。なるべく気をつけてみます」

「お願いしますね」

「――おい。会計するのに一体いつまで掛かっているんだ？」

不満顔で呼びに来た零士を満がまあまあと宥《なだ》めた。この気遣いの積み重ねが一弥の心労を和らげると信じて。

店を出る。零士が停めたのだろう、店先にはすでにタクシーが一台待機していた。満が大学に自転車を置きっぱなしにしているのでそこまで送ってくれるという。

「満さん、くれぐれも」

一弥が目で訴えかける。満は大きく頷いた。

「はい。また来ます。お邪魔しました」

後部座席に乗り込む。発車してまもなく零士からジト目を向けられた。

「で、一弥に何を吹き込まれた？」

別に隠すことでもないと思い、正直に答えた。

「無茶をしそうになったら止めるようにと頼まれました」

「まったく」

「いいお兄さんですよね」

「は？　一弥は兄弟じゃないぞ？」

零士はきっと気づいていない。それが当たり前だったから。でも、満という第三者からすれば一目瞭然だった。

零士を案ずる一弥はまるで弟を見守る兄のようだった。

*

兄弟姉妹がいたらきっとこんな感じだろう、という感覚は界人のおかげで体験済みである。界人だけじゃない。生まれ育った商店街ではご近所の誰もが兄姉であり弟妹であり、父代わり母代わりであった。

自転車を押して商店街を歩くだけで顔見知りから声が掛かる。美容室のおばちゃんに本屋のおじいさん。フラワーショップのお姉さんに八百屋の若旦那。

「満ちゃん！　いま帰りかい？　ほれ、コロッケ食べていきな！」

「わーい！　ありがと、おっちゃん！」

精肉店から漂ういい匂いに引き寄せられる。貰ったコロッケを一口。じゃがいもはほくほく。玉ねぎはシャキシャキ。甘さの中にもひき肉の味と香ばしさが絶妙にマッチしていて、塩コショウもしっかり効いているから癖になる。あっという間に胃の中に収まった。

「満ちゃんは美味しそうに食べてくれるからうれしいねえ！」

「だって本当に美味しいんだもん！　ここのコロッケは日本一だよね！」

お世辞ではないけれど、気持ち声を大きくしたのはほんのお礼である。早速宣伝の効果が出たのか、すぐそばを歩いていた若いカップルが店先に吸い込まれてきた。

「ははは、ありがとよ！　満ちゃんはますます久《きゅう》さんに似てきたなあ！」

久さんとは祖父のあだ名である。満はその言葉が一番うれしかった。

満の祖父は地域のお祭りには欠かさず参加していた。面倒見がよくて親分肌だったからどんな場面でも中心にいて、いろんなひとから頼りにされていた。

祖父が亡くなったとき、たくさんのひとが泣いてくれた。駆けつけてくれた。満を実の娘や孫娘のように案じてくれて、表を歩けば誰かしら気に掛けてくれる。

優しくて温かい。私はこの町に育てられた。とても幸せで、誇らしくもあった。

父や母がいなくても寂しくなかった。

零士と一弥の絆に当てられてしまったからだろうか、こんなこと普段はあまり意識しないのに。

ふと、精肉店のおっちゃんが難しい顔をした。

「……いや、見間違いだったらいいんだが。なあ、満ちゃん。困ったことがあったらすぐにウチに来るんだぞ。わかったな？」

「？　うん」

いつもみんなが言ってくれる挨拶代わりの親切だ。なのに、このときばかりは不吉の前触れであるかのように聞こえた。

『宝龍館』でのバイトが終わりアパートに帰宅すると、部屋の前に誰かいた。

「……もしかしておまえ、満か？　そうだろ！　ははっ、一発でわかったぜ！」

親子だもんな。

男はそう言うと、にやりと口許を歪めた。

第四話　銀の蝶（贋）

何も、両親がいないことをまるで気にしてこなかったわけではない。入学式や授業参観、母の日や父の日など、親の不在を強烈に意識させられるイベントがあるたびによその子との違いに卑屈な感情を抱いてきた。

祖父は両親についてあえて言及しなかった。というより、なかったものとして扱った。商店街の大人たちも満を気遣ってか不自然なくらい両親の話題を避けてきた。その態度がますます満を卑屈にさせた。触れるのも厭《いと》われるような人間から生まれたのが私なのか、と。生き別れの原因が親の無責任さに因るものと知ってからは自分の体にもそのろくでなしの血が流れていることを悲しみ、厭った。加えて、虚弱な体質が祖父に負担をかけていることを自覚し、それもまた親から受け継がれたものなのだと強く意識すると、自分の存在そのものが汚らわしく思えた。

居るだけで迷惑な存在。

そうか。だから私は捨てられたのか。

次第に塞ぎ込むようになった満を、ある日祖父が連れ出した。いつもは商店街の仲間に預けるところを仕事先に連れて行った。おそらく、全然知らない環境に身を置くことで少しは気晴らしになるかと考えたのだろう。子供だったので知らないが、祖父もまた満にどう接していいのかわからず藁《わら》にも縋る思いでいた。

そうして、満はお兄ちゃん——白峰界人に出会ったのだ。

両親に捨てられたことを知らないであろう界人には素直に甘えられた。体が弱くても卑屈にならずに済んだ。それは界人の言葉があったおかげでもある。

「ひとと比べて体が弱いとか劣っているだとか、だから何だって話さ。みっちゃんはみっちゃんだ。俺はそんなみっちゃんと仲良くなりたいって思った。逆にさ、そんなみっちゃんだったから俺たちはこうして出会えたんだよ。ラッキーって思わね？」

「いいのかな、そんなんで」

「いいんだよ、そんなんで」

迷惑なんて考えなくていい。優しくされたなら素直に喜べばいい。もしも悪いと思うならその分を他のひとに返せばいい。そうしたら、また別の誰かが優しくしてくれる。そうやって人の縁は繫がっていく。回っていく。

お兄ちゃんはそのようなことを言ったと思う。

ひとの厚意を疑わないこと——そう決めると、不思議と卑屈にならずに済んだ。同情は必ずしも他者への見下しからくるものだけではない。親切や施しには一切裏がなく、どれも全部そのひとの優しさが込められている。……一切裏がなく、は言いすぎだけど、そんなものは受け取る側の気持ち次第だ。気にしなければ無いのと同じこと。

こうして満は幸せになった。

祖父はいなくなってしまったが、優しいひとが周りにいてくれるから幸せだった。苦労することはあっても、この幸せはずっと続くと信じていた。


居室に座り込んで何時間経っただろうか。

気づけば朝の日差しが射《さ》し込んでいた。

鳥の鳴き声が聞こえる。蟬も遠くで鳴いている。今日も暑くなりそうだ。

頭の片隅で冷静な自分がそんなことを考える。でも、大部分の自我は思考することを放棄していた。

開けたままの抽斗や押入れ。仏壇まで荒らされた。何度懇願しても金目の物を探す手を止めてくれなかった。

いつの間にか午後になっていた。時間の感覚があやふやだ。もしかしたら寝ていたのかもしれない。徹夜して寝不足だったから、ところどころ意識が飛んでいてもおかしくない。

朝からスマホが何度か鳴っていた気がするが、確かめる気力が湧かなかった。

今度は部屋のチャイムが鳴った。そろそろと立ち上がる。いつまでも呆《ほう》けているわけにいかない。――ああでも、訪問販売の対応をするのはまだ億劫《おっくう》かな。居留守を使ってやり過ごすこともできたのに……。無気力な頭は迷うことすら放棄して一度決めたことだけを実行する。足が前後に勝手に動いていく。玄関の扉を開けた。

表に立っていたのは黒森零士だった。満の全身を真顔でじろじろと眺めた。

「昨日とまったく同じ服だ。しかも、一度も着替えていない。変なところで身嗜《みだしな》みにこだわるひとなのにね、君は。それと、僕からのメッセージを未読スルーするなんて大した度胸だとも思ったよ。で、何があった？」

なぜここに零士がいるのだろう。不思議に思いながらも、何かが起きたことを言わずとも察してくれたことに感動した。

口が勝手に動いた。

「父が帰ってきたんです」

零士は少しだけ目を見開くと、にわかに表情が強張った。

「何があった？」

ああ、やっぱりまだひとと話すのはつらいなあ。

声が震えた。

「おじいちゃんの形見、……盗られちゃいました」

＊

アロハシャツを着たその男性が父親だということはすぐにわかった。顔が祖父にそっくりだったからだ。もし祖父を昔から知っているひとが街中で父を見かけたら、きっと腰を抜かすに違いない。反対に、父も満だとすぐに気づいた。もしかしたら、満は母親に似ているのかもしれない。

硬直する満に父は家に上げてほしいと頼んだ。風の便りで祖父の死を聞きつけたと言った。追い返す理由はなかった。頭の中が真っ白になっていたというのもあるが、身内が、それも父親が帰ってきたのである。望んでいたわけでもないのにそれでも込み上げてくるものがあった。祖父が亡くなって四ヶ月。慣れたつもりでいたけれど、ひとりきりが寂しくて心細かったことをこのときようやく自覚した。

父とこれまでのことやこれからのことを話し合いたかった。

同時に、満を捨てた理由に言及するのが恐くて逃げだしたかった。

仏壇に手を合わせる父の背中を見つめながら、このあと訪れる「話し合い」に弥《いや》が上《うえ》にも緊張した。お参りしてすぐ「さよなら」とはならないだろうし、父の第一声をどうしても想像してしまう。自分はその言葉にどう答えるべきなのか。いくつもパターンを想定して返す言葉を考えた。

ふと、このひとのことを何て呼べばいいんだろう、と思った。

父が振り返った。何一つ考えがまとまっていないところへ、予想だにしなかった一言が投げられた。

「それで、親父の遺産はいくらあるんだ？」

「おじいちゃんの遺産なんてほとんどありません。私が継いだのは三百万円の借金とおじいちゃんの私物、そして形見のブローチだけです」

零士は、ふうん、と鼻を鳴らし居室を見渡した。父に荒らされた痕跡は、零士を部屋に上げる前に急いで片付けたのだが、まるでどこを家捜しされたのか見抜いたかのように的確にそちらに視線を向けた。

「前に預けた三百万はどうした？」

「あ、それならとっくに金融会社にお返ししました。現金は取られてないです」

「そう。不幸中の幸いだったね。さすがに娘の財布まで漁ったりしなかったか」

思わず苦笑する。そんなものは結果論だ。見つかっていたらおそらく取られていただろう。

父は終始笑顔だったが、遺産の話をしだした瞬間その目から笑みが消えた。ひとが豹変《ひょうへん》する瞬間を初めて目の当たりにしたが、これほどおぞましいものだったとは。

「私、【白峰界人】を抜けます。もう怪盗はできません」

膝を抱えて顔を埋めて。視界を黒に塗りつぶせば自分だけの世界だ。昨晩から今の今まで何も考えてこなかった頭がようやく気持ちを言語化し始める。

別に、父に何かを期待したわけじゃなかった。ろくでなしなのは知っていた。誰に説明されずとも理解していた。遺産をせびられても、ああそうか、と落胆するとともに納得もしていた。

それでもだ。ひとの物を奪う人間とはこんなにも醜い顔をするものなのか。

突きつけられた気がした。

「正直、楽しかったんです。怪盗が」

おじいちゃんの未練がどうとかそんなものは建前にすぎなかった。もう本音を誤魔化しきれない。父の所業を見て確信する。

「気持ちが切り替わるというか、スイッチが入るみたいな感じがして。先輩や勇吾君と悪巧みしているのもドキドキして。いつの間にか、あの時間を待ちわびている自分がいました」

米山の事務所での無茶も、零士が女性を誑かしていると知ったときも、高揚感に胸は高鳴った。スリルを楽しんでいる自分が確かにいたのだ。

「次はどんなことをするんだろうってワクワクしました。今になって思うと、私、ひとから物を奪う行為を楽しんでいたんです。それって、父と一緒なのかなって」

零士が口を開く気配がしたので咄嗟に正面に手をかざし、待った、を掛ける。

「わかってます。全然違うことくらいわかってはいるんです。【白峰界人】はお金のためにやってるわけじゃありませんよね。でも、……今はちょっときついです」

だって、親子だもん。ろくでなしの血を引いているのに自分だけは違うとどうして言える。一旦疑い始めると、これまでの行いすべてが父親譲りの悪行のように思えてならない。自分というものが信じられなくなる。

「私もろくでなしだったんです」

こんな気持ちのまま怪盗を続けることはできない。恐い。だから。

後戻りできなくなる前にやめてしまえ。

「……。？」

視界を塞いでいるので見えないが、零士が移動したのが音でわかった。足音が間近に迫る。と、肩と肩が触れる真横に腰を下ろしてきた。

今は夏でお互いに薄着だから、直《じか》に体温が伝わってきた。

零士の肌はひんやりと冷たかった。

「つまらない話をしてあげるよ。昔々のこと、あるところに母親と二人暮らしをしていた男の子がいたんだ。男の子は、そうだね、仮にA君としようか。A君の父親は、A君が生まれる前に死んだらしい。母親にそう聞かされていた。けれど、A君は寂しくなかった。母親が父親の分も補うくらいいっぱいいっぱい愛してくれたからね。母子家庭で家計的には大変だったみたいだけど、A君は十分幸せだったそうだよ」

一体何の話だろう。顔を上げて隣を窺うと零士の表情は真剣そのものだった。

「けれど、そんな幸せも長くは続かなかった。母親が交通事故で死んでしまったんだ。A君は天涯孤独となってしまった」

ふと、自分とその子を重ねた。突然祖父がいなくなり天涯孤独になった自分。

「A君は施設に預けられ、そしてわずか半年後、とあるご家庭に養子として引き取られることになった。まあ、ここまではよくある話だよ。でも、引き取られた先がすごかった。A君を引き取ったのはなんと巨大IT企業の創業者一族だったんだ」

「え？」

それって――。その先を言葉にするより早く零士の話は続いていく。

「なぜA君はその家に引き取られたのか不思議でしょうがなかった。なぜなら、その家にはすでに子供が三人もいたからだ。A君にとっては義理の兄たちだ。とても優秀で、……性格はひん曲がっているけれど、跡取りには申し分ない息子が三人も。A君の存在は将来遺産相続が開始されたとき争いの種にしかならず、養子を取る必要性は皆無だった。その点は義母も義兄たちも不審に思っていたそうだが、詰まるところA君を養子にと決めたのは義父の独断だったという」

そして、どうやらこういうことらしい。義父はA君の本当の父親だった。母親は義父の元愛人で、A君は義父に認知されなかった非嫡出子だったのだ。

「義父が、愛人の子供を引き取るくらいには愛人に入れ込んでいたことがわかる。義母はもちろん義兄たちには面白くない話さ。それからA君は新しい家で肩身の狭い思いをして過ごしたそうだ。酷い環境だった。義兄たちにはいじめられ、義母にはとことん無視された。味方であるはずの義父は仕事が忙しいのかほとんど家に帰ってこない。追い詰められたA君は何とかその家の一員になろうと努力した。皆の顔色を窺い、誰からも好まれる人間になろうと振る舞った」

勇吾の昔話を思い出す。零士は大人受けのいい子供だったと。

外面だけはいい、という皮肉が途端に意味を変える。零士にとってはその環境を生き抜くための唯一の武器だったのだ。

自分を殺し理想を演じ……性格が歪むのも無理はない。

「しかしまあ、A君は次第に他人に媚《こ》びへつらう自分に嫌気が差していったんだそうだ。当然だよね。そんなことまでして生きていたって惨めなだけだよ。どうして生きているんだろう。死んだほうがマシじゃないかって。そう考えるのが普通だ。そんなとき、A君は親友を得た。毎年家族で過ごす避暑地で知り合った子供でね、A君はその親友の言葉に救われたんだって。どんな言葉だったと思う？　親友はA君の愚痴に対してこう言った。

『おまえさ、お母さんに褒められたことはあるか？』

あると答えた。

『じゃあ、叱られたことは？』

もちろんと答えた。

『なら大丈夫さ。それを覚えているかぎりおまえはおまえだよ。新しい家に来たからってお母さんとふたりで暮らしていた過去が消えるわけじゃない。今のおまえを作っているのはそのときの記憶さ。おまえは今もお母さんに愛されているよ』

――って。A君のやること為《な》すことすべてを肯定してくれて、その根拠に母親を持ち出してきたんだ。卑怯だろ？　とても否定なんてできやしないよ。でも、A君はそれで気持ちが楽になった。おまえは正しいと誰かに言ってほしかったんだろうね。それからA君はすっかり吹っ切れて外見を飾ることに磨きをかけた。ひとを騙すのに快感を得るようにまでなって今に至っている。……めでたしめでたし」

投げやりに話を畳まれたので思わず吹き出してしまった。それでめでたしはないだろう。性格の悪い人間を一人生み出しただけではないか。

「途中までいい話っぽかったのに！」

「……違う。言っただろう。つまらない話だって」

親友が出てきた件《くだり》が話の核心で、そこさえ過ぎれば後は蛇足でしかない。これ以上身の上を語ることは零士のプライドに障るようなのであえて言及しなかった。

代わりに、満は手のひらを零士の頭に伸ばした。よしよし、と撫でつける。

「……おい。どうして僕が慰められている格好なんだ？」

「え⁉　あ、つい。お話に出てきたA君と先輩が重なった気がして。構ってあげたくなったというか」

うっとうしい、と満の手を払いのけると、零士はそっぽを向いた。

「君は、僕がどうしてこの話をしたのかわかっていないようだ」

「わかってますってば」

ろくでなしの父親が帰ってきたからといって、それまでの満がなくなるわけではない。祖父と暮らし、街中のひとたちに愛されて育った記憶が消えることはない。

卑屈になるな。自分を信じろ――。そう励ましてくれたのだ。

零士が立ち上がる。触れ合っていた肩が離れたとき、きっと『親友』もそんなふうにして『A君』に寄り添ったのだろうと想像できた。

零士が手を差し伸べた。

「ショッキングなことが起きたばかりで塞ぎ込みたくなる気持ちもよくわかるけど、赤石君に頼みたい仕事がまだまだあるんだ。勝手に抜けるなんて許さない」

まじまじと零士を見つめる。二言目には満への不満しか口にしないこのひとがそんなことを言うなんて。熱でもあるんじゃないかしら。

意外といえば、零士が自分から身の上話を聞かせてくれるだなんて夢にも──。

まだ仲間でもない君に昔話を聞かせるつもりはないよ。

「──あ」

いま、問答無用で「おまえはもう仲間なんだぞ」と引き止められた。

自分が認められるほどの働きをした覚えはないけれど、いつしか零士は連絡がつかないだけで家まで様子を見に来るくらいには満のことを気に掛けてくれるようになっていた。言葉よりも何よりもその行動が勇気を与えてくれる。満が必要なのだと教えてくれる。

気がつけば零士の手をギュッと握っていた。ぐいと引き起こされる。

不思議だ。どうしてこんな気持ちになるんだろう。

尽くしたいだなんて。

もういいだろう、と突っぱねるようにして放された手のひらが少しだけ切なかった。

「こっち も時間がないからすぐにでも君に働いてほしいんだけど」

零士は言いかけると、これ見よがしに肩をすくめた。

*

「さすがにそういうわけにもいかないか。おじいさんの形見を奪われたままじゃ集中できないだろ」

「そう……ですね。すぐに切り替えろと言われても難しいです」

確かに塞ぎ込むことは回避できたが、だからといってやる気が漲《みなぎ》るわけではない。どうしても父のことが脳裏にちらついてしまう。

「今のところ『銀の蝶』を売りに来たという情報は入ってきていない。一弥が顔利きでね、都内の質屋に君の父親が現れたらすぐに知らせるよう新たに手配することも可能だ。何だったら父親の言い値でブローチを買い取ってもらい、後で君に返すこともできるけれど」

それなら難なく祖父の形見を取り戻せるだろう。最も確実な方法だと思った。

どうする、と視線で問われたので、満は小さく頭を振った。

それでは何も解決しない。今はいいかもしれないけれど、父をこのまま野放しにしておけばいつまた満に夕カリに現れるかわからない。いま決断しなければ今後もずっと父の影に怯え続けることになる。そんな予感がした。

「盗り戻します」

何か策があってのことではない。でも、そうすることが正しいと思ったのだ。

零士はおもむろにスマホを取り出した。

「――もしもし。一弥？　今から言うことを質屋に流してくれないかな。『銀の蝶』を売ろうとする男が現れたら買い取ることなく追い返して僕に知らせてほしいって。そう、赤石君を見つけ出したときと同じように。よろしく」

指示を出す零士の顔はいたずらっ子のような悪い笑みを浮かべていた。

「盗り戻そう。僕たちの手で」

「はい！」

たぶん今、自分も同じような顔をしているに違いない。

＊　＊　＊

満の父――赤石融《とおる》は、訪れた質屋の微妙な空気にいち早く勘付いた。

伊達《だて》に長年に亘《わた》って住所不定無職を貫いていない。交際相手の家を転々としているといつしか破局の空気感というものを事前に摑めるようになったのだが、いま感じている空気が正にそれである。融に向けられた不審の感情が空気に溶け込み場を重くしている。

査定に長時間も待たされた挙げ句、取って付けたように配膳された緑茶とカステラ。

融は慌てて席を立った。

「もういい。買い取る気がないなら返せ。他の店に行く！」

巾着袋ごと引ったくって店を出た。巾着袋の中には蝶々をモチーフにした銀製のブローチが二つ――父親が孫の満に遺した形見が入っている。似たブローチが二つあることが若干引っ掛かるが、まあジジイの趣味だったのだろう、金になるならどうでもいいと深く考えなかった。

しかし、そうも言っていられないような気がする。これは勘だが、この二つのブローチには何か曰くがあるのではないか。そう、たとえば盗難品であるとか。だとしたら質屋スタッフのおかしな対応にも説明がつく。遅れて出てきた茶菓子は融をその場に引き止めておくためのもので、おそらく警察が到着するまでの時間稼ぎだろう。あの堅物の父親が盗難品を所有していたとは考えにくい。融の早とちりかもしれない。だが、この直感を信じるならば質屋に売りにいくのは諦めたほうがよさそうだ。ならばどうする。このままでは完全に無駄足である。もう一度実家に押し入るか。どうせ満は融には逆らえない。それは昨晩会ったときに確信した。今度はもっとしっかり家中隅から隅まで調べ上げて金目の物を見つけ出そう。

実家に向かって歩いていると、正面から来た若い女に声を掛けられた。

「ねえおじさん、ちょっといいですか？」

「お？」

芸能人かと見紛うようなスタイルのいい美人だった。帽子を目深に被っていたのでもしかしたら本当に芸能人かもしれない。モデルかアイドルか。

猫撫で声で甘えるように言った。

「ナンパされてくれませんかー？」

「……い、いやいや、何が目的だよ！　ありえないだろ⁉」

四十路《よそじ》の男を引っ掛けるにしても相手を見て選べ。自分で言うのも何だが金を持っているようには見えないだろうに。パパ活したけりゃよそへ行け。

「目的はー、こ・れ！」

女は人さし指を、ぴと、と融の胸に押し当てた。つつつ、と下方へ下がっていき、融が手にしているクラッチバッグを指さした。可愛らしく上目遣いに。

「蝶々のブローチが欲しいなあ」

背後から肩を叩かれる。振り返ると、サングラスをした若い男が立っていた。

「少しお時間よろしいでしょうか。私どもはそのブローチをお譲り頂きたいのです」


融の提案で路地裏にある有料駐車場に移動した。人通りはなく、人目を心配する必要はない。なぜ移動したかと言えばこれもまた勘である。

美男美女のカップルは正体を明かさないまま、すぐさま交渉を開始した。

「ブローチ二つで三十万です。如何でしょう？」

「三十万……」

表通りで聞いたときは何かの間違いかと思ったが、改めて金額を確認するとやはり移動してきて正解だったと思った。こんなきな臭い話、たとえ通行人であっても他人に聞かせるわけにいかない。

「このブローチのこと知ってんのか？　ていうか、何で俺がブローチを持っていることを知っている？」

「先ほど質屋でお見かけしてからずっと後を付けさせて頂きました。ブローチのことを知っているのかという質問には、はい、とお答えします。そうでなければ追いかけません」

それはどうかな。偶々見かけたブローチに一目惚《ひとめぼ》れした、という言い訳だって成り立つのに。しかし、そうでないということは、融にある事実を提示したに等しい。

「とすると、こいつはずいぶん値が張るものなわけだ。町の質屋が買取りを渋るくらいのな」

「……」

「これ、盗難品だろ？　だから買い取ってもらえない。で、君たちはコレの真の価値を知っているわけだ。三十万支払ってでも手に入れたいと思わせるほどの価値をね」

「三十五万でどうでしょう？」

男がすかさず切り返す。それは融の言葉を認めたようなものだった。

融は口角を吊り上《つりあ》げた。

こういった後ろ暗い交渉は強気にいくのが正解だ。

「百万だ。でなければ譲らない」

サングラス越しにも男の目が見開いたのがわかった。当初予定していた三倍以上の金額である。即決即断とはいくまい。

男は後ろを向いて女と小声で相談すると、深刻な様子で言った。

「今ここでは決められません。明日まで待って頂けますか？」

「いいよ。その代わり、そのときは現金も用意しておいてもらえると助かるな」

待ち合わせの時間と場所を話し合って決める。時間は午後三時。場所は駅前の大手コーヒーチェーン店に決まった。待ち合わせた先に恐いひとたちがいても困る、と用心深い融の要求に男が応えた形だ。交渉のすり合わせさえ済んでいれば金と物の受け渡しだけで終わる。それが融にとって理想の形であった。

カップルと別れた後、融なりにブローチのことを調べてみた。しかし、詳細は何もわからなかった。……まあいい。たとえ厄介な代物だったとしても引き取ってもらえば後は関係ない。もし真の価値が想像以上に高価だった場合でも、それはそれで融には扱いきれない可能性がある。百万円貰った上に厄介払いできると考えれば何一つとして惜しくなかった。

巾着袋を手許で放り上げながら融は笑う。

――親父も最期にはいいことするじゃん。今だけはアンタの息子で幸せだよ。


翌日の午後三時。駅前のコーヒーショップはほぼ満席だったが、その中からあのカップルを見つけ出すのは簡単だった。美男美女であることもそうだが、四人掛けのテーブル席で片側にふたりで座っていれば嫌でも目立つ。

「悪いね。遅くなってしまって」

「いえ。約束の時間ぴったりです。むしろこちらが早く来すぎてしまいました」

男も女も緊張した面持ちだった。どれだけ早く来たのか知らないが、何が何でもブローチを手に入れたいという執念だけは伝わった。これはもう少し吹っ掛けられるか？　と、即座に頭の中で算盤《そろばん》を弾く。

「蝶々のブローチは持ってきた？」

女が訊いた。融は巾着袋を開くと、中身をテーブルに並べた。

「これだろ？　君たちが欲しいのは」

ふたりはブローチを確認すると顔を見合わせた。

「本物です。二つとも私たちが求めている物です」

「じゃあちょっとお話の続きをしようか」

ブローチを一旦巾着袋に回収し、クラッチバッグの中に戻す。そして、融が座っているソファの上に置いた。男は怪訝《けげん》そうに融を見た。

「昨日さ、あの後ブローチのことを調べたんだよね。おじさん驚いちゃったよ。まさかこんな高価なもんだとは知らなかった」

もちろんブラフだ。しかしその瞬間、男の肩がびくっと震えた。効果《こうか》覿面《てきめん》だった。

ビンゴだ。

女が窘《たしな》めるように肘で男の脇腹を突いた。

「百万ぽっちじゃ割に合わないと思ったよ」

「それはつまり……昨日提示した金額では売らないと？」

「君たちがいくらまで出せるのか。まずはそいつを聞きたいなあ」

男は明らかに動揺しており、女は目を怒らせて不機嫌さを隠そうともしない。ふたりのその態度が、融が優位に立っていることを完全に物語っていた。

「ま、ゆっくり考えてよ。コーヒー一杯分くらいの時間はあげるからさ」

その時間すらも相手にとってはプレッシャーになるのだ。

こういった交渉事は正直不慣れだが、相手の嫌がること、自分が優位に立つ道筋を見つけることに関しては自信があった。ほとんどそれだけで生き抜いてきたと言ってもよく、下手に出る相手はとことん踏みつけにするのが経験則でもセオリーだ。

儲けを確信した融は悠然と呼び出しボタンを押した。

注文を取りにきたホールスタッフが融を無言で見下ろした。不審に思い顔を上げると、そこにいたのはエプロン姿の満だった。融は驚きのあまり仰け反った。

「何してるの？」

「お、おまえこそ何しているんだ⁉」

「見てわからない？　バイトだよ。うちにはお金の余裕がないから。いくつも掛け持ちしないといけないんだよ」

感情を殺した声。据わった目つきで見下ろす娘の顔が般若《はんにゃ》の面に見えた。

なんて酷い偶然だろうか。娘から奪ったブローチを売りつける交渉の現場が、まさか娘の職場だったとは。

融はクラッチバッグを背後に隠すようにしてさりげなく満に向き直った。

「バイト。い、いいじゃないか！　社会勉強にもなる！　どんどんすればいい！」

「ずっと無職のひとに言われたくないんだけど」

「なっ⁉　ち、父親に向かって何だその口の利き方は！」

「父親だっていうなら私から取ったブローチを返してよ。おじいちゃんの形見なの」

ぐっ、今その話題を口にされるのは困る。

案の定、男のほうが「取った？　ブローチを？」と食いついた。

「取ったということは、元は彼女の物なのですか？」

「知るかっ。おまえには関係ないことだ！」

しかし、金を出す側からすれば誰がブローチの正式な所有者か気になるところだろう。後で知らない相手から「返せ」とせがまれても面倒だし、足元を見てくる融との不利な交渉を一旦リセットするチャンスでもある。

「どういうことか説明して頂けますか？」

「どうもこうもない！　おい、場所を変えよう。こんなところじゃ落ち着いて話もできない」

腰を上げる融に対し、男は待ったを掛けた。

「いえ、それには及びません。実は、今日伺ったのは買取りをお断りするためだったのです。百万でも難しいところをさらに釣り上げられてはこちらとしてもお手上げです。そのブローチのことは諦めます。どうか忘れてください」

「な、何だと⁉」

先ほどまでとは一転し、男は不敵な笑みを浮かべていた。

はめられた――融は瞬時に悟った。ブラフを耳にしたときの男の反応は演技だったのだ。気をよくした融がどう出るか見定めるための罠《わな》。値段を釣り上げたことにより交渉のボールは融から男へと渡っていた。ここで買わないと言われて困るのは融のほうであり、しかし一旦釣り上げたものを自ら下げれば反対に足元を見られてしまう。満が現れて動揺したタイミングであったことも揺さぶりとしては効果絶大であった。

融は縋るようにテーブルに身を乗り出した。

「待ってくれ！　もう一度よく考えろよ！　あんたらブローチが欲しいんだろ⁉」

「欲しいですけど譲ってくれないのなら仕方ありません。せいぜい三十万ほどの価値しかない物に百万も支払う馬鹿はいません」

「わ、わかった！　俺が悪かった！　三十万で売るよ！　な？　それでいいだろ？」

ほぼ反射的に値段を下げた。優位が逆転した瞬間だった。

男女が席を立って通路に移動する。追い縋ってくる融をつまらなげに一瞥した。

「貴方みたいなひとの手に触れてケチがついた物を引き取ろうとは思いません。どうぞ大切になさってください」

「待て！　待てってば！　こんなもん俺が持っていたって何の意味もねえんだよ！

なあ、買ってくれよ！　じゅ、十万だ！　十万でどうよ！　な？　な？　な？」

人目も憚らず男の腰にしがみつく。その浅ましい態度に周囲の客も引いていた。

「五万！　五万でいいから！　なあ、頼むよ！　買ってくれってばあ！」

「いい加減にしてよ！」

パァンッ、と乾いた音が店内に響き渡った。

満に頬を打たれていた。背中からひっくり返り、呆然と満を見上げた。

「私だけじゃなく人様にも迷惑かけて！　その上、おじいちゃんの形見まで売ろうとして……っ！　そんなんで父親面しないでよ！　二度と私の前に現れないで！」

すると隣の席から、そうだ！　と怒声が飛んだ。

見るとそいつは——いや、そいつらは全員見知った顔だった。

「融！　よくも満ちゃんを泣かせたなあ！」

「久さんが亡くなった途端に帰ってきやがって！　コンの親不孝もんがあ！」

商店街のおっさんども。近所の爺婆《じじばば》どもまで。席を立ち、わらわらと融を取り囲んだ。何でこいつらがここにいる？　しかし、その疑問は激昂した面々の迫力によってかき消された。腰を抜かして後ずさりし、テーブルに後頭部をぶつけては、クラッチバッグをソファを見ずに手探りだけで探した。……あった。引っ摑むと、大事に胸に抱いた。

「なんなんだよ、おまえら⁉　どっか行けよ！」

「それはこっちのセリフだ！　次、商店街をのこのこ歩《ある》ってみろ！　無事に通り抜けられると思うなよ！」

命の危険すら感じた。融は這《は》いつくばるようにして店から飛び出した。あとは一目散だった。駅前だったのが幸いし、ICカードをタッチするのももどかしく、丁度駅のホームに滑り込んできた電車に飛び乗った。

逃げるが勝ちだった。二度とこんな町に戻ってくるものか。

手すりに摑まって呼吸を整える。幸い、戦利品は無事である。融は胸に抱えたままのクラッチバッグが新品のような手触りであることにも気づかずに、急いで中身を確認した。

何も入っていなかった。

財布もカードケースも、あの巾着袋さえ。そんな馬鹿な。空のバッグを引っくり返して振ってみたが、やはり何も出てこなかった。……そもそも、このバッグは何だ。俺のじゃないぞ。間違えたのか。いやでも、メーカーも型も同じバッグが偶々あの場に二つも転がっていたとは考えにくい。まさか、誰かにすり替えられた？

誰に？　いや、どこから？　俺は何に誑かされたんだ……。

「どうなってんだ……」

しかし、確かめたくてももう二度とあの町には帰れそうになかった。

呆然となった融を乗せて、電車が町から遠ざかっていく。

＊　＊　＊

満は駆けつけてくれた商店街のひとたちにお礼を言って回った。精肉店のおっちゃんの呼びかけで集まってくれた彼らは「いいってことよ！」「気にするな！」「気づいてあげられなくてごめんね」と笑ったり泣いたりしながら満を励ましてくれた。一方で、零士と勇吾が騒ぎを起こしたことを店側に謝罪した。しかし、店長をはじめとしたスタッフ一同は何一つとして状況が理解できず、従業員用のエプロンをした満を指さして「あんなバイトいたっけ？」と口々に言い合っている。

すべて融を騙すために打った芝居であった。

だが、父親にぶつけた怒りだけは本物だった。平手打ちした手が今ごろになって激しく震えだす。意識するともう駄目だった。がちがちと歯の根が合わない。緊張の糸が切れたことで抑えつけていた感情が一気に爆発した。それは怖気であった。

父親に対して未練がなかったとはこの期に及んではもう言えない。満は家族というものに憧れていたのである。たとえどんなに酷い父親であっても肉親には変わりない。もしかしたらこの世でたった一人かもしれない血の繋がったそのひとをこの手で拒絶した。それは本能的な恐怖を呼び起こした。親を殴りつける行為に掛かるストレスは想像を超えて凄《すさ》まじく、同時に罪悪感が胸いっぱいに広がった。あの瞬間、父を殺したのだと思った。たぶんもう二度とこのひとは帰ってこないのだ。それがわかったから怯んだ。

今にも涙が溢れてきそうになる。

不意に頭に手のひらが乗っかった。零士だった。満にされたお返しとばかりに二度三度と撫でられる。すれ違いざまの一瞬の出来事で、零士は芝居に協力してくれた仲間に労いの言葉を掛けに向かった。

「キザだな、零ちゃんは」

背後から、今度は勇吾の手のひらが頭をポンポンと叩いた。勇吾の手付きは無遠慮だけどどこか優しいから安心してしまえるんだ。涙はもう引っ込んでいた。

「ごめんね。変なことに巻き込んじゃって」

「ばーか。満はもう俺たちの仲間なんだ。頼まれなくったって助けてやるよ。つか、変な遠慮して巻き込まないようにされるほうが傷つくぜ」

「そっか。そうだよね」

「零ちゃんが気づいたからよかったよ。満はつらいことがあったら溜め込んで我慢するタイプに見えるもんな」

　向こうで零士が精肉店のおっちゃんに捕まっている。

「お兄さん、美術商か何かなのかい？」

「いいえ。ただの学生ですよ」

　おっちゃんは目を丸くして驚いた。種を明かせば、融からブローチを買い取ろうとしたサングラスの男こそ零士であった。事前に商店街のひとたちから融の人物評を聞き出して分析を行い、臨機応変に立ち回って融を罠へと引きずり込んだのだ。最後は融を恐い目に遭わせて二度とこの町に帰ってこられなくする作戦だった。町の顔見知りに囲まれて一斉に凄《すご》まれたらもう帰ってくる気も失《う》せるだろう。

　また、どさくさに紛れてクラッチバッグを新品の物と入れ替えたのは勇吾である。融の後ろのテーブル席に座り、融が満に気を取られているうちに任務を遂行した。

　融のクラッチバッグから巾着袋が出てきた。二つのブローチも無事だった。――ああ、よかった。おじいちゃんが戻ってきてくれたみたいで安心した。

「このバッグも、一応持っとけよ。もし処分に困るもんが入ってたら俺が引き取る」

そして、もう一人の功労者の正体は意外な人物だった。

「あー、楽しかった！　あたし顔売れちゃったからさー、ひと騙すの若者文化に疎いおじさん相手じゃないと厳しいんだわ。いい機会を作ってくれてありがとね、満ちゃん！」

横合いからギュッと抱きしめられる。動物やぬいぐるみにするみたいに軽快に。間近に迫ったモデル顔には同性であってもドキドキさせられた。

「ちょ、ナミダさん!?　あんまり大声で騒ぐと周りに気づかれますよ!?」

「だいじょーぶ、だいじょーぶ！　意外と気づかれないもんだよん」

融を引っ掛けたカップルの片割れはなんと今をときめくカリスマモデルの『ナミダ』だった。反町うのも流行の情報源にしているインフルエンサー。ゆくゆくは女優を目指しているのだと楽しげに語った彼女は、零士が演じた男を尻に敷くフリをして、融の警戒心を下げるという助演賞級の演技をしてみせた。

彼女もまた零士たちの幼馴染みであり、【白峰界人】の一員だという。

「おい、波雫《なみだ》。いい機会とか言ってんじゃねえよ。満だってこんな状況になりたくてなったわけじゃねえしよ」

「わかってるってば。でも、それはそれ。感謝の気持ちはきちんと言葉にしないとね！」

幼馴染みとはいえ相手は現役人気モデル。勇吾とも親しげに話しているのが何だか不思議でならなかった。

「あたし大学に通ってなかったからさー、メンバーっつっても偶にお手伝いするくらいしかしてこなかったんだよね。でも、裏方じゃなくてこっち側に回るのってやっぱいいね。昔の、――カイ君がいた頃を思い出すよ」

そう言って神妙な顔をした。カイ君……。波雫も界人に会いたがっている一人だった。

「みんな、そろそろ出よう。お店の迷惑になる」

零士の一声でその場は解散となった。

＊

商店街のひとたちには帰ってもらった。午後三時という半端な時間帯とはいえ仕事を抜け出してきた彼らには感謝しかない。見えなくなるまで満は頭を下げ続けた。

「さて。ゆっくりもしていられないぞ。今度こそ【白峰界人】の出動だ」

勇吾が回してきたレンタカーに皆で乗り込む。大きなワンボックスカーの助手席に零士、後部座席に女子が乗った。作戦会議は時間短縮のため移動中に始まった。

満のせいで遠回りになったが、波雫まで招集して臨む本番は今夜である。

「衆議院議員会館にある勝連翔太郎の事務所に忍び込む。勝連は政治資金パーティーの主催側で留守。秘書の大半がそれに同行する。また、今日は事務所に定期清掃が入る予定だ。清掃会社職員に紛れて潜入する。こんな機会、今夜を逃すと当分ないだろう」

新宿区内のホテルで行われる【かつれん翔太郎君と日本の未来を語る会】の日程は後援会事務所に問い合わせれば簡単に教えてもらえた。事務所の人間が少なくなる絶好のタイミングであった。

清掃職員成り済まし用の制服と社員証は一弥から支給された。零士が手に入れたサンプルから偽造したというが、あまりにも精巧で本物かと疑ってしまうほどであった。工作したのが一弥なのだとすれば大した技術者だ。

「作ったのは一弥じゃないよ。大きな声じゃ言えないけど、一弥の実家は裏では反社と繋がりがあるんだ。むしろ、呉服店を隠れ蓑《かくみの》にしている節がある。創業して以来百年の間にどういう経緯でそうなったのか知らないけど、現在では着物を誂えるだけじゃなく、パスポートに公文書に日本銀行券といったものまで偽造している。ま、従業員の中でもこのことを知っているのは極一部なんだけど」

以前、勇吾が一弥のことを「その手のことには消極的」と話していたが、その手というのは反社会的組織の力を利用することだった。

「反社を経由するとねー、芸能界にも顔が利くんよ。あたし、それでお仕事もらったことあるし。あ、これ内緒ね？」

波雫があっけらかんと暴露したが、興行が暴力団の主要な財源の一つであることは広く知られている。反社と関係した芸能人が週刊誌にすっぱ抜かれて引退に追い込まれるのはこの頃では珍しくなく、肩身は狭いがそれで成り立っている芸能事務所があるのも事実である。

「カズ君は嫌がってっけどねー。でも、本人は自覚してないけど、あれで一番ウキウキしてんのよ。裏で糸を引くっつーの？　黒幕とかフィクサーとかってポジションがちょーハマり役なんだよね」

「あー、わかる。確かに一弥は昔っから悪巧みが上手《うま》かったよなあ」

波雫と勇吾が笑い合う。悪巧み……先日会った一弥の印象に若干そぐわない単語だが、計算高そうという意見なら同意できる。

「もっとも、一弥は仲介しただけで、偽造した身分証を誰が何に悪用するか一切聞かされていない――というスタンスを取っている。共犯者だと思われたら今度は一弥の身が危ないからね」

零士が話を戻しつつ一弥の立ち位置を補足した。

「……そっか。秘密って共有するだけでも弱みになっちゃうから」

警察に目を付けられるのはもちろん、脅迫のタネに秘密を握ろうとする輩も湧いてくるだろう。また、依頼者からは裏切りを危惧して口封じに殺される恐れもある。

「そう。だから、一弥は口利きしかしない。僕たちと一緒に行動することはないし現場にも絶対に出てこない。フィクサーといえど、いやだからこそかな、一弥のほうが危ない橋を渡っているからね。だから、一弥に頼んで反社のひとに『銀の蝶』を盗んできてもらえばいい、なんて卑怯なことは考えないように。わかった？　赤石君」

「か、考えてませんよそんなこと！」

と言いつつも図星だったのでドキリとした。そんなに融通が利くのなら盗みなどせずに勝連議員に直接交渉すればいいのでは、とちょっぴり思ったのは本当だ。だが、それだと一弥が白峰七宝を集めていることになり、界人を探していることまで周囲に悟られてしまう。それだけは絶対に避けなければならなかった。

そもそも敵がどこに潜んでいるのかわからないからこそ怪盗という皮を被っているのではないか。反社はそれこそ信用ならないし、【白峰七宝】はメンバー以外には秘密裏に回収するのが望ましい。

クルマは一般道路を山手通りに入って北上し始めた。新宿までは二十分ほどだ。

零士が助手席から身を乗り出して後部座席を振り返り、

「今夜は事務所に忍び込めるだけでなく、勝連と直に接触できるチャンスでもある。失敗したときのことを考えて勝連とは一応接触しておくつもりだ」

そこで、と一旦言葉を区切り全員の顔を見渡してから「二手に分かれることにする」と提案した。

「僕と波雫は政治資金パーティーに。勇吾と赤石君は事務所に忍び込んでくれ」

零士は父親の名代という形で政治資金パーティーに参加すれば怪しまれずに済む。それに花を添える意味でも波雫は適材だ。しかし、

「あ、あたしそっちはパス。仕事に影響出るから。ごめん」

波雫は申し訳なさそうに両手を合わせた。苦笑して、

「ていうか無理でしょ。あたしみたいなそこそこ知名度あるモデルがいたら余計に目立つよ？　レイ君みたいな美男子連れて政治家の応援なんて盛り込みすぎっしょ。絶対記者とかいるし週刊誌にエサくれてやるようなもんじゃん」

話題性は十分で、注目が集まれば今後活動しにくくなる。「なに有名になってんだ」と零士は面白くなさそうに毒づいた。

「いやいや、レイ君も人のこと言えないよ？　ＳＮＳのフォロワー数、あたしとどっこいだったっしょ。素人のくせにさ。顔割れてんのどっちだよって話よ」

「いま関係ないだろそんなことは」

「うっわー、話逸《そ》らしたよこいつぅ。ねえ、満ちゃん？　レイ君だけはやめときな？　いいのは顔だけなんだから」

おどける波雫に思わず笑ってしまう。

「大きなお世話だ。赤石君、波雫の冗談に付き合うなよ」

「あ、はい。大丈夫です。黒森先輩の性格が歪んでいるのはもうわかってますから」

波雫のからかいが長引くのも可哀相《かわいそう》なので気を利かせてそう言ったら、なぜか零士が目に見えて不機嫌になった。あれ？　周知の事実を口にしただけなのに。それがツボに入ったのか波雫がだははははと豪快に笑った。

「零ちゃんの場合、あえて顔を広くしてるから波雫とは違うんだよ」

勇吾のフォローに波雫がムッとした。

「おっと、言ってくれんね。あたしだって努力して顔売ってんだから違うってこたないでしょうよ。……まあ、あたしはそれが目的で目標ではあるけども」

零士は手段として顔を広くしていた。どちらが凄いかなんて比べることではないけれど、零士の動機が真っ当でないことだけは確かだ。

逸れた話を零士が溜め息とともに戻した。

「もういい。波雫が無理なら配置転換するだけだ。僕がパーティー、勇吾が議員会館は固定として、波雫が会館に行くとなるとあと一人は――」

余った満は必然的に零士のペアということになる。

零士は満を見定めるように見つめると、仕方がない、と観念するように呟いた。


二時間後、クルマは衆議院議員会館付近の有料駐車場に停まっていた。

零士を新宿で降ろした後に永田町に向かい、勇吾と波雫が着替えを持って出て行ってからすでに三十分が経過している。現在時刻は午後六時半。

車中では、満ひとりが待機を命じられていた。

──政治資金パーティーには僕ひとりで行くよ。赤石君が一緒だと別の意味で目立ってしまうし、隣にいられても邪魔なだけだからね。

──満は留守番しててくれ。まだこういうの慣れてねえだろ？　それに、三人も偽装してたら逆に目立っちまいそうだ。波雫とふたりで行ってくるよ。わりぃな。

──お土産期待しててなー。

満に掛けられた言葉の数々を思い出す。怪盗としての実力も経験もないからみそっかすにされても文句は言えないけれど、「君にも働いてもらうから」と言われて駆り出されたのにこれではあんまりじゃないか。

「暇だなあ……」

おじいちゃんの形見を指先でもてあそぶ。おじいちゃんの悲願を満が叶えてあげたかった。やっぱり無理やりにでも零士に付いていけばよかったかな。

そのとき、コンコン、とバックドアがノックされた。車内で振り返ってもそこに人影は見当たらなかった。気のせいかとも思ったがどうにも気になったのでクルマを降りた。

クルマの背後に回り込む。やはり誰もいない。代わりに、紙袋が置いてあった。

紙袋の中に入っていたのは何らかの衣装と一枚の便箋。

「……怪盗に告ぐ？」

誰がこんなものを——そう思った瞬間、はっとした。これ、もしかして……。

スマホが鳴った。零士から怪盗のグループチャットにメッセージが届いていた。

文面を見て、思わず呟いた。

「……わかりました。行きます！」

逡巡は一瞬。満は紙袋を胸に抱えると、新宿を目指して駆けだした。

第五話　銀の蝶（真）

一台の黒塗りの公用車が新宿に向かっている。その車内では勝連翔太郎が一通の封筒を手にしたまま固まっていた。後部座席のシートに同乗していた歳若い女性秘書が、封筒を手渡した姿勢のまま眉をひそめた。

「勝連先生？　どうかしましたか？」

「……これをいつ見つけたと言ったかな？」

「議員会館を出る前です。事務所に届いた郵便物の中にありました。お昼に粗方チェックしたのですがどうやら漏れがあったようです」

明らかに私信だとわかる郵便物だった。本来なら秘書が事前に中身に目を通しておくのだが、プライベートに係わることもあるので、差出人が不明のものについては勝連に直接手渡すよう指示してあった。

蠟で封をされた高級紙の封筒。以前、葛西衆議院議員の邸宅で見たのと同じ物。

不安そうにこちらを窺う秘書に、何でもないよ、と笑いかける。

「いやなに、昔、父宛ての手紙をそうとは知らず勝手に開封して大目玉を喰《く》らったことがあってね。そのときの封筒によく似ていたから驚いてしまったんだ」

肩の力を抜くと秘書もようやく緊張を解いた。

「立派な封筒ですもんね。どなたからか心当たりがおありなんですか？」

「いいや。向こうに着いたら開けてみるよ。車内だとクルマ酔いしそうだ」

上着の内ポケットに仕舞う。それでこの話は終わったが、秘書が勝連の胸元に別の話題を見つけた。「それ」と指さされ、勝連も胸元に視線を落とす。

「蝶々のブローチ。ここぞというときにしか身につけないって聞きました。ということは、今夜は相当気合が入っているってことですね」

「私を支援してくださる方々と会うのだから当然だよ。実はこれ、一年前に父から譲られたものなんだ。父が現役時代にも御守《おまも》りとして持ち歩いていたそうだよ」

「本当ですか⁉　元総理大臣の御守り……ご利益は約束されたも同然ですね！」

素直な反応を示す秘書が可愛くてつい口が軽くなる。

「それだけじゃない。このブローチは【白峰七宝】と呼ばれる、元は七つあった白峰家の家宝のうちの一つなんだそうだ。七宝というのは――」

白峰家？　と、秘書は小首をかしげたが、七宝が何かは知っていた。

「確か、仏教におけるお宝のことですよね。【金】【銀】【瑠璃《るり》】【玻璃《はり》】【硨磲《シャコ》】

【珊瑚《サンゴ》】【瑪瑙《めのう》】の七つ。あ、じゃあそれ、シルバーアクセだから【銀】ですか!?」

「そうなるな。君は物知りなんだね」

そう言うと、秘書は顔を赤くして「あ、いえ」と呟き俯《うつむ》いてしまった。話を遮ってまで知識をひけらかした自分のみっともなさに気づき、恥じ入ったようだ。他意なく褒めたつもりだったのだが、逆に悪いことをした。

フォローをするわけではないがここで切り上げるのもばつが悪いので、続けた。

「白峰の名前は私も議員になってから知った。父が総理をしていたとき、側近となって父を支えてくださった方だ。十年ほど前に隠居したと聞いているが、今でも政官界に強い影響力をもっている。これ一つ身につけているだけで誰もがその威光にひれ伏すと言われているよ」

秘書は思わず生唾を飲み込んだ。勝連も同じく緊張している。白峰の名前は一介の議員にはでかすぎる。口に出すだけでも身震いするほどに。

そして、そんな名家の家宝の一つを譲られたこともどこか他人事《ひとごと》のように思えた。父はどういうつもりでこれを引き継がせたのだろうか。考えれば考えるほど困惑するばかりだった。

勝連の心中を知ってか知らずか、秘書が声を弾ませた。

「ということは、ブローチを持っている先生はいずれ総理になると期待されているってことになりますよね！　すごいことじゃないですか！」

「……急にこのブローチが重たく感じてしまったよ。荷が重い。私がそれほどの器なのかどうか」

「大丈夫ですよ、先生なら！」

力強く背中を押した。秘書としての雑務能力は平凡だが、欠点を補って余りある前向きさが彼女の魅力だった。その快活さにいつも助けられている。

「ありがとう。では、今夜も未来のための地均《じなら》しをがんばろう」

「はい！」

自分は自分。父の威光も白峰の後ろ盾も関係ない。秘書が信じる勝連翔太郎を貫けばいい。器の有る無しは結局生まれもっての資質に係っており、勝連が自力で育まなければならないものなのだ。弱気になることはない。泰然たれと心で叫ぶ。

ホテルの控え室で封筒を開ける。便箋には予想通りの文字が躍る。


〔今夜、【銀の蝶】を頂きに参ります　　怪盗　白峰界人　より〕

この白峰何某が七宝に目を付けるだろうということは葛西議員宅で泥棒騒動に出くわしたときから予想していた。白峰家の関係者だろうか。それとも名を騙《かた》っているだけの愉快犯か。どうあれ、『銀の蝶』を黙って奪われるつもりはないけれど——。

思わず笑みをこぼしていた。

「お手並み拝見といこうか」

気負わずに済むのならこれほど楽しみなことはない。勝連はブローチを撫でつけながら、怪盗が現れるのを今か今かと待ちわびた。

＊　＊　＊

新宿のホテルに正面から入り、エスカレーターで地下に下りると靴越しにも柔らかいカーペットの上に案内板が出ていた。【かつれん翔太郎君と日本の未来を語る会】の会場となる広間の中にはすでにたくさんの参加者がいた。ほとんどが後援会の人間とその関係者だろう。民間企業や団体から遣わされてきた名代らしき人間も中にはいて、あちこちで名刺交換をしていた。

零士は受付を済ませると、入り口の外で柱にもたれ掛かった。自分の容姿が人目をあまり他人に印象を残したくないので、できる限り鳴りを潜めて開始時刻を待った。下手をすればいるだけで悪目立ちしてしまいかねない。あまり他人に印象を残したくないので、できる限り鳴りを潜めて開始時刻を待った。

勝連翔太郎への接触方法を考える。シミュレーションを頭に描く。まさかぶっつけ本番の出たとこ勝負を仕掛けるわけにはいかないので、第一声からの会話の運び方や白峰七宝の情報を引き出すプロセスを延々と構築していった。事前準備だって怠らない。今日のために勝連とはSNS上で相互フォローしており、ダイレクトメールで何往復かやり取りもしていた。驚いたのは、零士よりも先に勝連にフォローされていたことである。一定数のフォロワーを持つインフルエンサーは軒並みフォローしている様子であった。嫌みに見えないのは自身も娯楽情報を発信し、公開している記事やコメントの端々からIT事情に明るいことが窺えるからだ。頭の固い時代遅れの老人議員や若者に無理して擦り寄ろうとする中堅議員なんかとは違い、どこまでも自然体で、そこにも好感がもてた。政界ではまだまだ若手だが大した人物であると評価できる。

勝連がすでに零士のことを知っていてくれたのも大きい。こちらから名乗り出ればどんなに挨拶回りで忙しくても少しは対応してくれるはずだ。たとえ今夜が空振りに終わろうとも繋がりさえできてしまえば今後いくらでも盗む機会は作れる。今日は最低でもその繋がりを太くすることが目的となる。

腕時計を確認する。そろそろ始まろうかというとき、背後から「失礼」と声を掛けられた。

「君、たしか黒森零士君だったよね？」

「勝連――翔太郎先生」

勝連翔太郎がそこにいた。そのとき通りかかったひとに「お時間ですのでどうぞ中にお入りください」と声掛けした。パーティーの参加者を会場に誘導して回っているようだ。

「まさか君まで来ているとは思わなかった。SNSに投稿していた写真でも知っていたけれど、実物はもっとキレイな顔をしているね。遠くからでもわかったよ」

勝連はうれしそうに笑みを浮かべた。

「私に会いにきてくれたのかな？」

「はい。メールでもお伝えしましたが政治に興味がありまして。僕も驚きました。来ればば会えるだろうと思っていましたが、こんなに早く直接お話しできるだなんて」

「そうだね。僕も若い人とはじっくり話してみたかったからうれしいよ」

「先生、そろそろ」

後ろに控えていた秘書らしき女性が促した。

勝連はおどけるように肩をすくめた。

「もう開始時間だ。行かないと。せっかく君と会えたのに残念だ」

「なら、後でお時間頂けますか？　大切なお話があります。貴方にとっては得のない、それどころか損にしかならない話かもしれませんが」

思わせぶりなセリフをぶつけてみる。勝連翔太郎という人間はこういう見え透いた釣り針にあえて食いつく癖があった。純粋な好奇心と自分ならどんな罠も凌《しの》げるという慢心であり、それはＳＮＳでの過去の発言からも読み取れた。勝連は零士のこの挑発を無視できないはず。

「先生？」

秘書が怪訝そうに声を掛けた。見上げた勝連の顔には子供のような笑顔が咲いていた。

「面白そうじゃないか。いいだろう。スピーチが終わった後は歓談の時間だ。そのときに話そう。壁際にいてほしい。会いに行くよ」

「ありがとうございます。では後ほど」

会場に入っていく勝連を見送り、自分も後から会場入りする。立食パーティー形式で参加者に座席の指定はない。適当なテーブルの近くでスタッフからウーロン茶が入ったグラスを受け取ると、零士はスマホを取り出した。

滑り出しは上々。数百人も参加者がいる中で、一対一で話す時間を作ってくれるなんて想定していた以上の成果である。繋がりを太くするどころか、今夜中に懐深くまで踏み込むことができるかもしれない。

それに、勝連のスーツの胸元に着けていた蝶々のブローチが本物の白峰七宝だと気づけたことも幸運だった。満の祖父の形見に酷似していたが、存在感はまるで違った。一目でそうとわかった。あれこそが、零士たちが幼い頃に界人に見せてもらった七宝の一つ『銀の蝶』だと確信する。

勇吾たちにメッセージを送り、スマホを仕舞う。

割れんばかりの拍手の中、勝連が壇上に現れた。零士も拍手を送りつつ、これから化かし合う相手の顔をじっくりと観察した。

＊

議員会館に乗り込む寸前であった。清掃員の作業服を着た男女が、突如鳴ったスマホに足を止め顔を見合わせた。

〔会館はシロ。本物は新宿に有り〕

グループチャットに零士から作戦行動の中止を指示するメッセージが入った。無駄足と余計な危険を回避できたことはありがたいのだが、

「ええー？　撤収ってコトぉ？」

肩透かしを食らった波雫が不満を垂れた。気持ちはわかる。特に勇吾は満の父親を騙したときでさえ大した活躍をしていないのだ。消化不良も甚だしい。

「つっても、盗むモンがないんじゃ仕方ない。ほれ、戻ろうぜ」

「ちぇー。残念。土産話ナシじゃ満ちゃんもがっかりするんじゃない？」

「それは……そうかもな」

近頃馴染んできた満は、勇吾たちが過去に行ってきた盗みの手口を話すと目をキラキラさせて喜んだ。どうやらスリリングな話題が好きらしい。つくづく怪盗向きの性格をしている。

——けど、ハマりすぎて歯止めが利かなくなったらマズイよな。

初心者のうちは一度や二度の成功体験で何でもできると勘違いするものだ。今回満

を外したのはそれを憂えたからでもある。満にはここぞというときのクソ度胸がある。米山のときといい、父親のときといい、満は自分の感情をいざというときにコントロールしてしまえるのだ。

思えば、最初に出会ったときもそうだった。ブローチをすり替えた零士の許に単身乗り込んできたことにしたって、新入生の女子になかなかできることではない。あいつは根っから神経が太いのだ。それは怪盗をする上で望ましい性格だ。しかし、いずれ身を滅ぼしかねない短所でもあった。調子付かせては駄目なのだ。

育てるならやらせるより見て学ばせたほうがいいと思う。せめて最初のうちだけは。

勇吾がそれほどの親心をもってみそっかすにしたとは露ほどにも思っていないだろう満は、きっと今頃むくれた顔をして待っているに違いない。土産話がなくてがっかりするだろうか。若干心苦しく思ったが、……って、零ちゃんが相手じゃあるまいし。

ついご機嫌取りに考えがいってしまう自分の甲斐甲斐《かいがい》しさにはもう笑うしかない。

クルマに戻り運転席のドアを開けたところで、気づいた。――満がいない。

「満？　おい、どこだ？」

「後ろにもいないよ。おーい、満ちゃーん、出ておいでー」

波雫が呼びかけても返事はない。クルマの中は無人。駐車場にもほかに人がいる気配はなかった。

「どこ行っちゃったんだろうね。おトイレかな？」

嫌な予感がする。まさかとは思うが。

満のスマホに掛ける。応答はなく、やがて留守電に切り替わった。くそ。零士にも連絡を入れようかと迷ったそのとき、先ほどの零士からのメッセージを思い出す。

本物の『銀の蝶』が新宿にあると知ったなら、満ならあるいは——。

「波雫乗れ！　新宿に行くぞ！」

「え？　でも、満ちゃん置いてっちゃっていいの？」

「その辺うろついててくれるならむしろありがてえよッ！」

金も免許もない満は電車を使って移動したはずだ。クルマで間に合うかどうかは運次第。一刻も無駄にできず、急いでクルマを発進させた。

勇吾は神に祈るような気持ちでハンドルを切った。——頼むからこんなときまでクソ度胸を発揮してくれるなよ、と。

＊

司会が進行していく中、勝連のスピーチや、親交が深いベテラン議員による激励、来賓挨拶などが順に行われた。政治資金パーティーはその名のとおり政治団体の活動資金を徴収するためのものなので、会を開いた時点で目的はほぼ達成されている。演説に中身はなく、参加者も毎度のことなのか熱心に聞き入っている様子はない。パーティーという体裁さえ取れればいい——そう言わんばかりに緊張感は皆無だった。

歓談に入ってからはますます場の空気は弛緩した。顔見知り同士で寄り添い談笑している。勝連という主役が会場内を歩いていても陳情に伺う人間は一人もいなかった。すれ違いざま挨拶を交わす程度である。

一対一で話す時間を作ってもらえてありがたい、などと考えていたのが馬鹿らしい。この雰囲気ならわざわざ挑発するまでもなく勝連と話せただろう。

まっすぐ歩いてきた勝連が片手を上げた。

「やあ。楽しんでもらえているかな？」

「はい。拍子抜けするほどに。おかげでスマホを片時も手放せませんでした」

この嫌みに対して勝連は豪快に笑った。

「それはそうだ！　今日の参加者のほとんどがリピーターで、私たちもそれを把握している。日頃もお付き合いがあるからね、この場で改まって何かを話すということもない。初参加のひとがつまらないと感じるのも無理はないよ。よその学校の同窓会に紛れるようなものだからね」

「会場に雑誌記者はいないんですか？」

「おそらく外にいる。私も注目を集めていることは自覚している。パーティーはいつものことでもスキャンダルを狙う彼らは一瞬一瞬が勝負だ。こちらも気は抜けないよ」

反射的に答えたが、勝連は質問の意図がわからず首をかしげた。

「ジャーナリストが気になるのかい？」

「どこで誰が聞いているかわかりません。大きなお世話かもしれませんが、勝連先生の評判を貶めかねませんので」

「それはさっき言っていた私にとって損にしかならないという話のことかな？」

ただの学生が何を、と軽んじられてもおかしくなかったが、勝連は「わかった」と真剣に受け止めてくれた。

「もう少し端に寄ろう。人気《ひとけ》を避けているところを見せれば誰も近づいてこないだろう」

「彼女は？」

勝連の背後にぴたっとくっついている背の低い女性がキッと睨みつけてきた。

「先生の秘書です」

「こう見えてボディーガードでもある。ふたりだけの内緒話がご所望のようだが、彼女は許してもらえないだろうか？　とても信頼できるひとだ」

秘書兼ボディーガード、か。あまりに華奢《きゃしゃ》なのでボディーガードが務まるようには見えないが。しかし、彼女を弾けば勝連からの信用は得られない。第三者に聞かれるのは想定外だったが、ここで引いたらなおのこと先には繋げられない。

零士は内心の不満をおくびにも出さずに「もちろんです」と了承した。

「では行こうか。ああ一つ、私のことを先生と呼ぶのはやめてほしい。どうにも距離を感じていけない。黒森君さえよければ」

「わかりました。勝連――翔太郎さん」

そう呼ぶと、勝連は満足した様子で会場の喧騒《けんそう》に背を向けた。

会場の隅で固まる三人の様子は、主役が交じっていることもあり多くの参加者の興味を引いたが、密談に割って入ろうとする無骨者はいなかった。

零士が話題にしたのは裏カジノの一件についてだ。

「僕の知り合いがネット記事の記者をしています。一年前に入手した情報で、今も温存しているネタです。公開時期はずっと先になるかと思います。翔太郎さんが入閣して知名度を上げるまで肥やすつもりでいるんです」

いま上げても話題性は乏しいですからね、と勝連の世間での評価がまだまだ低いことを率直に言う。事実、勝連に向けられる興味はそのルックスと若さと父が元総理という出自のみと言ってよく、勝連自身の実績への評価ではない。政治家としては新米なのでそもそも実績は無いに等しい。

勝連は怒ることなく頷いた。

「将来入閣できるかどうかは知らないが、今は客寄せパンダでしかないのは事実だ。その記者さんの判断は正しいね」

記者云々の話は零士のでっち上げだが、ジャーナリストにツテがないわけではない。いつでも口にしたとおりの状況に持ち込める。

「で？　証拠はあるのかな？」

「阿達組。――この名前に覚えがあるはずです。具体的な日付も言えます」

「ふむ」

「僕は、翔太郎さんには大きくなってほしい。この程度のスキャンダルで躓《つまず》いてほしくない。でも、僕のほうから情報の差し止めは難しい。せめてこの話を翔太郎さんの耳に入れておいて備えてもらいたいと思いお話しさせていただきました」

知人の話、というのはおしなべて話者本人にも当てはまる。実際に記者が存在していなくても情報を摑んでいる零士がいるかぎり勝連にとってこの話は恐喝でしかなかった。それでも架空の第三者を間にかませたことにより零士は勝連の味方であるという印象を相手に与えることができる。

秘書が不安そうに勝連を見た。おそらくこの秘書は裏カジノの一件を知っている。表情に出るところを見ると秘書としてまだまだ未熟であるらしい。

一方、勝連は破顔一笑した。

「損しかない話だって？　とんでもない！　よく教えてくれたね！　君の言うとおりこれで私はその情報に対して備えられる。いや、積極的に火消しに回れる。アリバイは作り出せるんだ。費用と労力を厭わなければいくらでもね」

それこそが政治家の渡世術だと言わんばかりに胸を張った。客寄せパンダと卑下しているが政治家としての資質は十分ある、と零士は評価をプラスした。

利己的な輩は与《くみ》しやすい。出世に伴って弱みを量産するからだ。こぼした弱みを拾うだけで言いなりにできる。攻略は容易いはずだった。

「お礼に面白い話をしてあげよう」

しかし、ここで予想外の反撃がきた。

「今夜、『白峰界人』なる怪盗がこの蝶々のブローチを奪いにくると言うのだよ。犯行予告の手紙を送りつけられた。私はね、君がその怪盗なんじゃないかと疑っている」

零士は頭が真っ白になった。——が、無意識に表情を引き締めた。動揺が顔に出なかったと信じたい。

犯行予告？　何だそれは。いつ？　何が目的で？　一体誰から——。瞬時に浮かんだ数々の疑問に思考が流されそうになる。駄目だ。今はそれより会話を続けろ。知らぬ存ぜぬを貫き通せ。

「怪盗？　あの、何のお話ですか？」

「あはは、冗談なんかじゃないよ？　マジさ。この令和の世に怪盗だ。知っているかな？　『白峰界人』を」

「……ええ。知ってますよ。うちの大学の七不思議の一つです。まさかこの場で聞くことになるなんて思ってもみませんでした」

犯行予告が本当なら、怪盗の噂も零士の大学のことも事前に調べて知っているはずである。この場で知らないと言うほうがかえって不自然になる。話に乗るしかない。

「誰かの悪戯《いたずら》ですか？」

「君じゃないのか？」

「残念ながら僕じゃありません。犯行予告というのは『今夜何時に〇〇を頂きに参ります』みたいなやつですか？」

「そうそう！　まるで物語のセリフみたいだったな。何かの余興かと思っていつ現れるかワクワクしているんだ。一体どうやってこの胸のブローチを盗むのか。ぜひ見てみたい」

ブローチを大切そうに撫でる。胸元に着けている上に用心もしている。ここから盗み出すのは確かに至難で、できるものなら見てみたいと零士とて思う。

「君が怪盗だと疑ったのは、タイミング的にもそうだが、裏カジノの話が私の油断を誘う前フリなのではないかと考えたからさ。犯行予告を受けた私はこの場で怪盗のことを君に相談する。君は怪盗の目を欺くためと言いこのブローチを自分に預けてほしいと提案する。私は君を信用しこのブローチを君に渡す。まんまとブローチを手に入れた君はこの会場を後にする。そんな筋書きさ。どうかな？」

それは普段零士がよく使う手法であった。味方のフリをして接近し、騙し、欲しい情報を自《おの》ずから差し出すよう仕向けるのだ。この場で盗もうなんていう短絡さこそないが、やり口は一緒であった。

どうかなと言われても——零士は曖昧に笑った。

「怪盗ごっこなんて子供じみた遊び、僕はしませんよ」

「そうかい？　黒森君はなぜだかそういうのが好きな気がしたんだけどね」

「とにかく僕じゃありません。秘書の方の悪戯でしょう」

勝連が「そうなの？」と秘書を振り返ると、秘書はぶんぶんと首を横に振った。ひとまず矛先を鈍らせることには成功したらしい。

しかし、これは思っている以上に厄介な展開である。今夜何事も起こらなかったとしても、今後も勝連の頭には常に『白峰界人』の影がちらつくことになる。零士の印象も今夜のこのことと関連して記憶に残ってしまうだろう。そうなれば会うたびに警戒され、現物だけでなくどんな情報も引き出しづらくなるはずだ。

せっかく勝連の懐に踏み込めそうだったってのに。一体誰が犯行予告なんかを。うちのメンバーの誰かの仕業だろうか。いや、こんなことをしでかすやつに心当たりはない。勇吾と一弥はもっと慎重だし、やるならもっとうまくやる。波雫は頼めば協力してくれるが自発的に動いたりしない。満に至っては論外だ。

まさかと思う。数日前、アジトに置いてあったあの脅迫文。零士たちの陰で暗躍し、零士たちの邪魔をする謎の人物。

思い当たるやつは一人しかいなかった。

同時に、なぜなんだ――と胸が苦しくなる。

「ん？ 黒森君、大丈夫か？ 顔が真っ青だぞ」

「あ、いえ」

少しふらついた。あまりのショックに立ちくらみを起こしたようだ。

「水を持ってこさせよう」

「私が」

秘書がそう言って会場を小走りに横断していく。ドリンクコーナーは対角線の反対側にある。秘書の姿はすぐさま参加者の人込みに消えていった。

勝連が体を支えてくれた。

「座ったほうがいいな。どこかに椅子があったはずだ」

「お構いなく」

「ああ、丁度いいところに」

勝連が通りかかったホールスタッフに手を上げた。ワイングラスを載せたトレーを手にしたスタッフは「どうかなさいましたか？」と近づいてくる。

今度こそぎょっとした。

そのホールスタッフは赤石満だった。

*

どこから調達したのかフォーマルなパンツスーツ姿の満は、普段赤い服ばかり着ているこ ともあって一瞬だけ本当に誰かわからなかった。この会場にすっかり溶け込んでいたというのもある。満は完璧にホールスタッフに扮《ふん》していた。

「すまないが椅子を一脚持ってきてもらえないかな？」

「はい。かしこまりました」

この驚きを悟られてはまずいと顔を引き締める。幸か不幸か、零士はいま本当にめまいを起こしており勝連は特に不審に思わなかった。

満が俯く零士の顔を下から覗き込むようにして身を屈《かが》めた。

「お客様、もしよろしければ休めるお部屋をご用意いたしますが」

「……いや、大丈夫です。ちょっとふらついただけなので」

満と目が合い、両者にしか見えない角度で目配せをする。

──何でここにいる！

──あとは私に任せてください！

お気楽にウィンクなんかしやがって。その瞬間、何か仕掛ける気だと感じ取った。

やめろ、バカ。

口だけ動かしての制止は満には届かない。いや、あえて無視したようにも見えた。その顔は笑いを噛み殺したように緩み、その目は生き生きと見開かれている。完全にスイッチが入っていた。米山の事務所で見せた無茶を再現するつもりか。手を引いて無理やり止めてもよかったが、その行為の言い訳が咄嗟に思いつかず、さらに一度は払拭させた不審を勝連に持たせたくないという打算も働いた。何より、──こいつが何を見せてくれるのか。一寸たりとも期待しなかったと言えば嘘になる。その刹那の躊躇いが満を引き止める最後のタイミングを取りこぼす。

それは仕組まれた演劇のように、

「ああ、すぐそこに椅子があるね」

両者は息を合わせて動きだし、

「では、椅子をご用意いたします。――あっ」

「おっと」

あたかも当然の流れとして引き起こされた。

振り返った満の動線を塞ぐようにして勝連が足を踏み出した。どちらかといえば勝連からぶつかりにいったようにも見えるが、その実、振り返るタイミングを合わせたのは満のほうだった。結果として両者はぶつかり、トレーのワイングラスが傾き勝連のジャケットを赤く染めたわけだが、それが満の故意によるものと勝連が気づくことはなかった。零士でさえ偶然にしか見えなかったのだから。

ワインが掛かったのは丁度胸元――『銀の蝶』の辺りだった。

「も、申し訳ありません！　ああ、お召し物が！　それにブローチも！」

満が手を伸ばす。すると、勝連は待ったを掛けた。

「大丈夫。これくらい大したことじゃないよ」

「で、でも、なんとお詫びをしたら」

「君のせいじゃない。ぶつかったのは私のほうからだった。不注意は私だった」

「と、とにかく、すぐにシミ抜きをしますので上着を預からせてください！」

ジャケットを脱げとせっつく。ジャケットごとブローチを盗む作戦のようだ。何とも古典的だが流れとしては自然である。しかし、勝連が『銀の蝶』を付けたままのジャケットを素直に預けるはずもなく。

「わかったわかった。脱ぐよ。その前に、このブローチを外させてくれないか。大切なものなんだ」

ブローチを取り外す。勝連の手の中にあるとはいえ白峰七宝が無防備な形で晒された。いま満とふたりで飛び掛かれば奪い取れる間合いにごくりと喉が鳴る。もちろん、そんな粗暴はできないが、逸《はや》る気持ちがブローチから目を離させなかった。

勝連がきょろきょろと左右を向く。赤ワインで濡《ぬ》れたブローチをどこに置こうか思案していた。すると満は即座に汚れたトレーを床に置き、両手のひらでお椀《わん》の形に作って正面に差し出した。

「ここに載せてください」

これには勝連にも緊張が走った。ブローチを一瞥し、満を訝しがるように見る。まさか君が……、その呟きは耳には届かなかったが唇の動きから察せられた。零士は両者を交互に見比べることしかできない。

——何をするつもりだ。もう余計な真似はよせ。いくら何でも攻めすぎだ。

すぐにでもそう怒鳴って詰《なじ》って満をこの会場から追い出したかった。

勝連は笑みを浮かべると、あっさりと『銀の蝶』を手放した。

「じゃあ、よろしく頼むよ」

面白がっている気配を滲ませながら満の手のひらにブローチを置いた。怪盗の手腕を見てみたいと嘯《うそぶ》いていた勝連である、きっとブローチからは目を離さない。たとえ逃げても勝連ならば追って捕まえることができるだろう。その自信に満ちた顔が、やれるものならやってみろ、と挑発する。

満は両手のひらを握り込むことなくブローチが見えるようにしたまま佇んだ。

勝連がジャケットを脱ぐ。片腕を袖から引き抜くその瞬間、会場内から光が消えた。

一瞬のざわめき。時間にして五秒ほどのわずかな暗闇。

即座に作動した予備電源が再び会場を煌《きら》びやかに照らし出した。

「……」

勝連が呆然と立ち尽くす。片手には慌てて脱いだジャケットを握り、もう一方の手は満に向かって伸びていた。急な停電に焦ってブローチを奪いにいったのだろう。

対して、満は微動だにすることなく同じ位置にいた。差し出した手のひらも開いたまま。載せていたブローチもそのままだ。

「びっくりしました。カミナリでも落ちたんでしょうか？」

「……どうかな。予報ではそんなこと言っていなかったから、たぶんホテル側のトラブルだろう。ありがとう。預かってくれて」

ブローチとジャケットを交換する。満は深々と頭を下げた。

「スーツを汚して申し訳ありませんでした。すぐにクリーニングに回します。お帰りの際にクロークでお訊ねください」

そうして会場を出て行った。

勝連は満を黙って見送ると、拍子抜けしたように苦笑した。指で摘まんだ『銀の蝶』をもてあそぶ。

「怪盗じゃなかったのか。残念だ」

零士も笑う。肝を冷やしすぎて疲れた笑いしか出てこない。――まったく。本当に信じられない。なんて無茶をするんだあいつは。

まんまと盗みやがって。

「ああ、すまないね。黒森君。――ほら、この椅子に座るといい」

「先生、お水を持ってきました」

勝連と秘書に世話を焼かれながら、そのまま座談会の体《てい》で勝連と交流を深めた。

一時間後、政治資金パーティーは何事もなくお開きとなった。

＊　＊　＊

秘書が送り状に宛先を記入し終えると、クロークから戻ってきた。スーツのクリーニングが完了するのに数日掛かるというので事務所のほうに配送してもらうためだ。

「普通は問題起こした当人がこういう後始末までやるべきじゃないんですか！」

ワインが掛かったその場にいなかった秘書は、不手際を演じておきながらその後一切姿を現さなかったホールスタッフに憤った。勝連はまあまあと宥めた。

「もう行くよ。クルマを待たせてあるんだろう？」

「あ、そうでした！　こちらです！」

これから党幹部との会合――という名の二次会があるのだ。若輩の身で遅刻するわけにいかず、いまだ怒り冷めやらぬ秘書も致し方なしと気持ちを切り替えた。

後部座席に秘書と並んで座る。行きのときと違うのはジャケットの有無と、ジャケットに付けていたブローチを手に持っていることで、見かねた秘書が「散々でしたね」と慰めの言葉を掛けてきた。

「ブローチのほうはワイン掛からなかったんですか？」

「掛かったはずだけど、キレイなものだ。まあ金属だし、拭けば目立たないよ」

それもそうかと秘書は納得したが、勝連は『銀の蝶』をあらゆる角度から眺めながらある疑念に確信を持ち始めていた。

「このブローチにはワインなんて掛かっていないんだ」

「え？」

「何でもない。ところで君、このブローチを見て何か気づくことはないか？」

ブローチを押し付けるようにして手渡すと、秘書は割れ物を扱うかの如く指先で慎重に持ち上げた。目の高さからあちこち観察する。

「どうかな？」

「可愛いブローチだなって思います。白峰七宝でしたっけ？　由緒あるようにはあまり見えないと言いますか。——あっ。ご、ごめんなさい。失礼なこと言いました！」

「いや、いいんだ。私も常々思っていたことだからね。他には？」

「え、他？　いえ、特には」

「そうか。君にもわからないなら心配はいらないかな」

一番近くで見てきた秘書でもすり替わったことに気づいていない。いや、そんな発想にさえ至らないだろう。父や葛西議員であっても、今後おそらく気づくまい。なら大丈夫か、と勝連は安堵の溜め息を吐く。

「あの、先生？」

「こっちの話さ。ところで、散々ってことはないよ。おかげで刺激的な夜だった」

怪盗『白峰界人』の正体は結局わからずじまい。勝連の完全敗北であった。

黒森零士はどっちだったのだろう。あれも一味の一人で、犯行予告も、停電も、すべてが仕掛けだったのだとすれば、ずいぶんと大掛かりな作戦だ。もしかしたら気づいていないだけで他にも仕掛けが活《い》きていたのかもしれない。

してやられた悔しさはあるにはあるが、意外と不快ではなかった。楽しかったというのが正直な感想である。

同じ姓を名乗るからには他の七宝も目標にしている可能性がある。もし勝連が別の七宝を手に入れたならまた盗みにきてくれるだろうか。——政治家としての野心とは異なる、俗で幼稚な願望がふくらんだ。

そのときはまた、あのホールスタッフの女の子にも会えるだろうか。

＊　＊　＊

駅の女子トイレで着替えて出ると、仏頂面の零士が無言で歩きだした。文句の一つも言いたいが今は帰宅ラッシュの時間帯、周りの目があるので移動するまで我慢していた。

新宿駅を出て適当に歩くこと十分弱。人気が比較的途絶えた辺りで零士がおもむろに振り返った。小言の一つも覚悟して構えていると、口より先に手を出された。

頭を小突かれた。わりと強めに。ゲンコツで。

「――痛っ……！」

しかし、痛みにうずくまったのは零士のほうだった。殴った拳をさすっている。

「この、石頭め……っ」

「先輩のほうから殴っておいてそれはないです」

満も頭頂部を押さえているが零士の拳が柔らかかったのでそれほど痛みはなかった。女の子みたいにキレイな手は揉《も》め事《ごと》には向かないらしい。

今の一撃にすべてが集約されていたようで、それ以上文句も小言も言われなかった。

言っても後の祭りであるし、そんなことよりも確認すべきことが零士にはある。

満はポケットから『銀の蝶』を取り出した。差し出すと、零士は一瞬だけ躊躇《ちゅうちょ》してから手に取った。緊張からかその手付きはかすかに震えていた。

十年以上かけてようやく取り戻したのである。白峰七宝は界人を探す手掛かりというだけじゃない。それ自体が思い出であり界人が存在していた証《あかし》でもあった。零士はまるで目の前に界人がいるかのように感極まった。

「よくやった」

うっかりこぼれたであろうその褒め言葉に喜びのほどを窺わせた。

「それじゃあ聞かせてもらおうか。今夜のアレは何だったんだ？」

零士は『銀の蝶』を鞄に大切に仕舞うと、鋭い眼光を向けてきた。

「あ、あれ？　今から叱られる感じですかこれって」

「君に無茶をするなと言っても聞かないことはもうわかった。トリ頭の上に学習する気もないやつに無駄な努力をしてどうなる」

「ひどい」

「説明するのはあの手口のことだ。どこまでが計算だったんだ？」

結果的に振り回された零士には気になるところだろう。しかし、振り回されたのは満も同じである。すべてお膳立てされた芝居の中でのひとコマであった。配役も演技も用意されたものを当てはめたにすぎない。唯一、アドリブを求められたのは最後の一手だけ。

「前に黒森先輩がやったのをお手本にさせてもらったんです。私がやられたときのほうが断然上手かったですけどね」

「……」

奇《く》しくも同じ『銀の蝶』をすり替えた。やり方は単純だ。両手のひらで持っていた『銀の蝶』を、会場内が暗闇に落ちた瞬間、右手で握って右ポケットに仕舞い、同時に左ポケットに差し込んだ左手はすり替え用のブローチを握っていた。再び両手を合わせてお椀の形を作り、電灯が点《つ》いたときにはもう元の姿勢に戻っていた。

ポケットでもたつかなければ三秒もあれば余裕でできる芸当である。余談だが、勝連が咄嗟に伸ばした手にぶつからなかったのは一旦ポケットに両手を引っ込めたおかげでもあった。おそらくあのとき勝連は満の腕を摑みにいったのだろう。運も味方をしてくれた。

「我ながら大したもんじゃないですか。ぶっつけ本番で成功させちゃうんですから」

その向こう見ずなところに零士も勇吾も頭を悩ましているというのに。当の満は得意顔でVサイン、零士は思わず溜め息を吐いた。呆れてのものではない。その表情は苦かった。

「そうだね。確かに大したものだよ。――おじいさんの形見とすり替えるなんてね」

労《いた》わるような声音には申し訳なさが滲んでいた。勝連にすり替えたことを気づかせないためには本物と酷似するダミーが必要だったのだ。

迷いはなかった。

それしかなかった。

「でも、いいんです。これでよかったんです。だっておじいちゃんの望みは本物のブローチを白峰さんに返すことだったんだから」

一抹の寂しさはあるものの、別に祖父の形見があれ一つというわけではない。それに、祖父のことだ。今ごろ天国で大笑いしているに決まっている。よくやったって。

「後悔はしていません」

「……そう。赤石君が納得しているならそれでいいさ。で？　その制服はどこで調達したんだ？　それにあの停電。まさかあれも君が仕掛けたのか？」

訊ねるからには零士も聞かされていないのだろう。

「ほかの【白峰界人】のメンバーが協力してくれたんじゃないんですか？」

訝しがる零士に制服の衣装が入った紙袋を渡した。中の便箋も一緒に見せる。

〔怪盗に告ぐ――ホテルの制服だ　又、一度だけ停電を装うアシストをしよう　タイミングはこちらの匙加減《さじかげん》だが信用できるなら　判断は君に任せる〕

「てっきり先輩の差し金かと思ってました。だから信用したんですよ？」

「僕こそてっきり君の自作自演だとばかり思っていた」

何だそりゃ。そんなわけないだろうに。

「……メンバーの誰かかもしれない。この手紙と制服、預かっていい？」

断る理由がない。むしろどこに返却すればいいかわからず困っていたので助かった。

夜でも蒸すような暑気の中、心地よい風が吹く。終わったのだと実感した。

「君の目標はひとまず達成された。どうする？　まだ怪盗を続ける？　何度も言うように僕は少数精鋭を好む。抜けるなら引き止めない」

返事を渋る。これからのことを決めるにはまだ少し時間が足りない。

反対車線のクルマがクラクションを鳴らした。見ると、窓から勇吾が手を振っていた。

エピローグ　親愛なる怪盗たちへ

前期試験の全日程が今日、終了した。全学生に明日から一ヶ月半の夏休みが与えられる。バイトやバカンスの計画にはしゃぐ若者たちはさっさとキャンパスを去っていったが、休講中であっても実験やレポートを強制される理系学部の一部の学生たちは取り残され、ゾンビの如く彷徨った。

通常よりも静かな学食に反町うのを呼び出した。バカンスもレポートもないがサークルの打ち上げで残っていたうのは、どこかそわついた様子でやってきた。

「うの、十九歳の誕生日おめでとう！　いつも助けてくれてありがとう！」

あ、うん——と生返事。若干、顔が引きつっているのはこぼれるにやつきを抑えているためだ。こう見えて感激屋さんだから。満の祝意を照れ隠しいっぱいで受け取った。

だが、渡したプレゼントには目を剝いて驚いた。

「何よこれぇ!?」

ナミダの直筆サインと高級ブランドのバッグである。

「えっとね、波雫さんにサインを貰おうと思ってうのの誕生日のこと話したら、あたしもプレゼントあげたーい、って言ってコレ預かってきたの。本当は直接渡しにきたかったみたいなんだけど、今日は撮影があって無理なんだって」

「知らないわよそんなこと！　つーか、どういうことよ⁉　何であんたがナミダと知り合いなわけ⁉」

そういや言ってなかったっけ。怪盗のことを伏せた上で零士や勇吾と知り合ったこと、そしてその繋がりで波雫を紹介してもらったことまで説明した。

うのは唖然としていたけれど、最後には呆れたように笑った。

「そんなことがねえ……。まあ、満が楽しそうなら別にいいけどさ。で、何？　この夏休み、あのひとたちと遊ぶ予定とかあるの？」

「ううん、ないよ。というか、もうこれっきりかな」

どういうこと？　と、首をかしげるうの。満は窓外の構内を見渡した。

「おじいちゃんのことでいろいろ聞かれただけで、もうその用事は済んだから。あのひとたちと係わりあうことはもうないんじゃないかな」

今ごろ、白峰藤一の許へ『銀の蝶』を届けにいっているはずだ。同行は辞退した。もう二度と怪盗はしないと決めたから。

元々、住む世界が違うひとたちだ。お兄ちゃんには会いたいけれど、今後も活動していくなら満はきっと足手まといになる。今回、協力できただけで満足だった。

これでいいのだ。

「未練たらたらって顔してる」

「え⁉」

「別に嫌われるようなポカしてないんならさ、一回くらい連絡してみたら？　夏休みは長いんだし」

うのはあくまで友達を遊びに誘う感覚で提案している。一般的な遊びだ。それが理解できていてなお満には怪盗という言葉に変換された。

仲間に入れて、と言ったらあのひとたちは満を遊びに加えてくれるだろうか。

特に零士は――あの甘味好きの暴君は。

そのときの顔を克明に想像できて、満は堪らず吹き出した。

＊　＊　＊

鬱蒼《うっそう》とした森を抜けると白亜の建物が現れた。

まるで西洋のお城のような外観だが、そこは歴《れっき》とした病院である。白峰藤一は、自身が理事長を務めていたその病院にたった一人入院していた。

意識障害だった。目を開けてはいるものの眠っているように反応がない。当然会話はままならないし、見舞い客のことなどいちいち理解しておらず、放っておけば物言わぬオブジェと大して変わらない。平成の大御所と謳《うた》われた白峰藤一の成れの果てであった。こうなってからはかつて世話になった各界の重鎮たちの日参する足も年月を経るうちに遠退《とおの》いていった。

そんな中、十年間、季節ごとに欠かさず見舞いに訪れる若者たちがいた。彼らが訪問するだけで建物内は一時的に明るさを取り戻す。専属の医師と看護師たちはいつでも彼らを歓待した。

「藤一様、黒森のお坊ちゃまがお見えになられましたよ」

年配の看護師が零士たちをにこやかに病室へと招き入れた。勇吾と一弥のこともお坊ちゃまと呼び、「お茶をお淹れしますね」と一旦退室した。お坊ちゃまはないよな、と苦笑しつつ、三人は藤一のベッドを囲んだ。

「藤一さん、あなたの孫はまだ見つからない。ごめん」

返事はない。わかりきっていたことなので気にせずに、

「けど、今日はお土産があるんだ。こっちは喜んでくれるかな」

鞄から黒色のジュエリーボックスを取り出した。専用の鍵を差し込んで開錠し、蓋を開けて藤一の膝の上に置いた。

箱の中、銀色の蝶々がガラスケースの中央できらめいた。

「ぉ……おお、……おあぁぁ、あぁ………！」

目を見開き、両目からぼろぼろと涙をこぼした。十年もの間、何事にも反応を示さなかった老人が子供のようにしゃくり上げている。多少なりとも反応するだろうと期待はしていたが、ここまで感情を露《あら》わにするとは三人にとっても意外であった。

「おや？　これは」

一弥が藤一の枕元に何かを見つけた。――封蠟されたあの封筒だった。

「おいそれ」

「マジかよ……。何でこんなトコに……⁉」

一弥が調査しても差出人に繋がる手掛かりが一切摑めなかった手紙。満に制服を渡し、ホテルでは停電のアシストまで行った。その正体はいまだ謎に包まれている。

しかし、零士には心当たりがあった。隠遁《いんとん》する藤一の病室にまで気配を滲ませたことで確信する。こんなことができるのは、こんなことをしそうなやつは、一人しかいない。

「界人だ」

予感があったのだろう。勇吾も一弥も異を唱えることなく沈黙した。

陶器が割れる音がして振り返ると、看護師がトレーに載せたティーカップを床に落としていた。藤一の嗚咽《おえつ》を目撃し、慌てふためきながら廊下を走っていった。

「せ、先生ーっ！　大変です、藤一様が！　藤一様が反応なさいました！」

取るものも取りあえずといった体で駆けつけた主治医や看護師たちはみな一様に驚き、手を取りあって喜んだ。中には涙を流すひとまでいた。

この日の院内は藤一が入院して以来の大騒ぎとなった。


主治医の求めに応じて藤一の様子の変化を事細かく説明し終えた三人は、休憩がてら涼を取りに噴水のある中庭までやってきた。

きっかけであるブローチのことは、三人からのプレゼントということにして【白峰七宝】だということは伏せておいた。主治医を疑うわけではないが、七宝を狙う輩がどこに潜んでいるかわからない。軽々に口外しないと決めていた。

藤一はしばらくするとまた元のオブジェと化したが、今もブローチの箱を大事に抱えている。何の反応もしなかった十年を思えばそれだけでも良い兆候だと主治医は話した。

「このままジイさんの意識が元に戻ったら、もしかしたら界人誘拐の真相に一気に近づけるんじゃねえか？」

「そうですね。藤一さんなら何か知っているでしょうし、希望が見えてきましたね」

「でも、界人のこの手紙には、俺を探すのはもうやめろ、と書いてある」

三人で回し読みした手紙をぞんざいにひらひら振った。大事なものには違いないが、かつての親友との距離感を思い出して言動を軽くした。というよりか、むかついた。

「好き勝手なことばっか書きやがってよ。そのくせこっちのやることに協力したり。意味わかんねえぜ！」

「成功すれば『銀の蝶』が返ってくる、失敗すれば私たちの追跡を逃れられる……。どちらに転んでも界人の思惑どおりになりますね。満さんを巻き込んだのは失敗する確率を上げるためだったのでしょう」

「脅迫文にある大切な仲間というのは赤石君のことだったんだ。界人のことだから、早いうちに彼女を僕たちから遠ざけようとしたのかもね。あいつ、赤石君のことは特別かわいがっていたから」

十一年前の話だ。界人が連れてきた小さな女の子を自分の妹のように紹介した。満を猫かわいがりする界人の姿が親友を取られたみたいで面白くなかった。あの頃の気持ちが蘇《よみがえ》る。——まったく面白くない。

「ま、界人が生きていたって知れたのはラッキーだけどよ。どうする、零ちゃん？探すなっつってるけど」

「ああ。他ならぬ界人が言っているんだ。方針転換せざるを得ないかな」

しかし生存が確認されたいま、捜索を打ち切るはずもなく。

「今後は界人が嫌がることもしていこう。赤石君をたくさん巻き込んでやれ。我慢できなくなって向こうから出てきたら僕たちの勝ちだ」

意地悪く微笑むと、勇吾と一弥も同じように笑った。

仲間思いのあいつは人一倍仲間外れを嫌がった。手紙を出してきたのは寂しいことの裏返しであり、楽しく遊んでいれば勝手に出てくるに決まっている。

「そのときは仲間に入れてあげようよ」


一緒に遊べる日はそう遠くないかもしれない。

親愛なる怪盗たちに告ぐ――。

この度はよくぞ白峰家の家宝を盗り戻してくれた。礼を言う。私も長らく探し求めていたものだ。返ってきてくれてとてもうれしく思う。

君たちの働きはずっと前から知っていた。怪盗【白峰界人】は私に宛てたメッセージだ。それに気づいたときからずっと君たちを見てきた。

これまで私を探していてくれたことに感謝している。

私は幸せ者である。君たちに出会えて本当によかった。

なんてな。柄じゃないからふつうに書くな？

つーかさ、俺を探すのはもうやめろ。今は名前が変わって、別の人間として生きている。もう二度と『白峰界人』に戻ることはない。戻るつもりもない。おまえらの遊びに構ってやるのはここまでだ。

俺のことなんか忘れてそれぞれの場所で幸せになれ。

さようなら。元気でな。

追伸。やっぱ怪盗っていいもんだよな。昔を思い出して楽しかった。

（了）

あとがき

義賊のお話。

怪盗と言えば義賊です。フィクションにおける泥棒は、主人公であればほとんどの場合義賊として描かれます。弱きを助け強きを挫《くじ》く。強きとは主に横暴な権力者でありまして、怪盗は彼らに虐げられた人々のために盗みを働きます。

歴史は古く、「石川五右衛門《いしかわごえもん》」や「鼠小僧《ねずみこぞう》」などは特に有名です。海外でしたら「アルセーヌ・ルパン」でしょうか。自分の信念や定めた道義を貫き、表沙汰にできない汚れ仕事で人知れず悪を挫く。格好いいですよね。まさにアンチヒーローのロールモデルと言えるでしょう。

しかし、いくら勧善懲悪が基本とはいえ懲罰手段が悪事そのものでは、仮に舞台が現代ですとコンプライアンス的観点からさらに受け入れがたいものがあるのではないでしょうか。実際のところ「石川五右衛門」も「鼠小僧」も義賊的行いは何もしておらず、ただお金持ちを狙って盗みを働いていたら貧しい市井から拍手喝采を浴びただけって話らしいです。最後は市中引き回しの上に処刑されておりますし、むしろ因果応報は彼らだったってオチでして……。やっぱり悪事に頼ってはいけませんね。

つってもまあ、フィクションです。コンプライアンスとか突っ込みを入れるのは野暮というもの。五右衛門も鼠小僧も創作の中なら立派な義賊に違いありませんので。このお話もフィクションです。そもそも人の物を盗んではいけませんと言われたら立つ瀬がありません。どうか大目に見て頂けますようお願いします。


以下、謝辞を。

前作に引き続き編集作業を担当してくださいました荒木様、八木様、本当にありがとうございました。イラストレーターの星名あんじ先生、素敵なカバーイラストをありがとうございました。

そして、すべての関係者と読者の皆々様に最大級の感謝を。

それでは、いずれまた。

令和四年　晩夏　山口幸三郎《やまぐちこうざぶろう》

＜初出＞

本書は書き下ろしです。

この物語はフィクションです。実在の人物・団体等とは一切関係ありません。

メディアワークス文庫

親愛《しんあい》なる怪盗《かいとう》たちに告《つ》ぐ

山口《やまぐち》幸《こう》三郎《ざぶろう》

2022年 8 月25日　初版発行

発行者　青柳昌行
発行　株式会社KADOKAWA
〒102 - 8177　東京都千代田区富士見2 - 13 - 3
0570-002-301（ナビダイヤル）
装丁者　渡辺宏一（有限会社ニイナナニイゴオ）
印刷　株式会社暁印刷
製本　株式会社暁印刷

Printed in Japan
ISBN978-4-04-914095-8 C0193

メディアワークス文庫　https://mwbunko.com/

本書に対するご意見、ご感想をお寄せください。

あて先
〒102-8177　東京都千代田区富士見2-13-3
メディアワークス文庫編集部
「山口幸三郎先生」係

メディアワークス文庫
天《てん》保《ぼう》院《いん》京《きょう》花《か》の葬送
山口幸三郎
イラスト／煙楽
喪服の女子高生・京花がおかしな奴らと事件に挑む、不可思議ミステリ。
天保院京花には、俗に言う『第六感』が備わっている。でも実際は、人よりちょっとだけ、目がおかしくて、耳が変で、鼻が異常で、舌が特殊で、肌が異様なだけ——。
廃墟の洋館で起きた殺人事件。現場に集まったのは、霊感女子高生の京花、トラブルメーカーな元女装少年の人理。不良出身の熱血刑事・竜弥、そして、麗しきナルシスト霊能者の行幸。
喪服を纏った女子高生・京花が、おかしな奴らと『謎』に挑むとき、事件は意外な結末を迎える——!
シリーズ2冊好評発売中!!
天保院京花の葬送
~フューネラル・マーチ~
~メフィスト・ワルツ~
発行●株式会社KADOKAWA